U0028193

夜不語
詭秘檔案

夜不語
詭秘檔案

夜不語
詭秘檔案

夜不語
詭秘檔案

夜不語

詭秘檔案109

Dark Fantasy File

茶聖 下

夜不語 著 Kanariya

CONTENTS

008 自序
010 楔子
012 第一章 鑑定
023 第二章 線索
036 第三章 羈絆（上）
050 第四章 羈絆（下）
065 第五章 發現
075 第六章 預兆

088 第七章　古書
106 第八章　拍賣會
117 第九章　清心
131 第十章　生命螺旋
153 第十一章　烏鎮
167 尾聲
171 番外·同學會（中）

自序

前幾天剛剛去了一趟陝西西安，因為餃子說她還沒有坐過火車。現在的小孩走得越來越遠了，從來都是飛機來飛機去，坐火車似乎已經是一件很難得的事情。就連『火車』這個名詞，都是因為看了湯瑪斯的兒童動畫之後，才知道的。餃子只知道火車會發出嗚嗚嗚的響聲，然後轟隆隆的往前開。所以當我訂了高鐵票，將她帶上高鐵的時候，小餃子不高興了。

她嘟著小嘴巴，稚聲稚氣的說：「爸爸，這個才不可能是火車呢。」

「這就是火車啊。」月台前的玻璃門劃開了，我帶她走進了一等艙的座位上。

餃子上下瞧了瞧：「可是可是，火車的頭才不是這樣咧。它沒有煙囪，和湯瑪斯一樣的眼睛。」

「現在的火車都是子彈頭了。」我試圖跟她解釋一下火車和高鐵的區別。話說，就算是淘汰了許多年的燒煤炭火車，也不可有湯瑪斯一樣的眼睛吧！

「可是可是，爸爸。這就不是火車。」餃子感到高鐵往前開，更不高興了：「火車可不會安安靜靜的，才不會不『嗚嗚嗚』的打一聲招呼，就開動呢。」

「現在的火車都是電動的了。」我試圖跟她解釋電動和蒸汽動力的區別。可是對四歲半的小蘿莉來說，彷彿湯瑪斯的火車世界才是真實的世界。

「所以我們坐的才不是火車咧。你看你看。」餃子用肥嘟嘟的手指，指了指高鐵內部：「火車明明會說話，有黑色和黃色的車身。它的肚子裡可不會裝人呢。」

我的媽呀，火車肚子裡不裝人，難道裡邊全都是內臟嗎？這我可沒辦法解釋清楚了。想了半天，終究還是掏出了終極神器——手機。

播放了一部規規矩矩的火車紀錄片給小餃子看後，她還是疑問重重。

還好，我肚子裡的存貨很多，我手機的流量也很多。四個小時後，在這好奇心爆棚的小妮子的詢問中，安然的從成都到達了西安。

很多年沒來西安了，這座十六朝古都近些年變了很多。租了一輛車在街頭巷尾閒逛，還是滿有韻味的。

所以《夜不語詭祕檔案：805》，大概會再寫一本發生在陝西的故事。

請大家期待！

夜不語

楔子

「你愛我嗎？」

公園裡，一對戀人坐在長椅上。女孩將頭倚在男孩的胸膛上，突然問。

男孩低下頭，凝視著女孩的眼睛，她的眼睛猶如雨後屋簷下反射著太陽光芒的露珠，在夜色裡散發出幽幽的顏色。

「妳要聽真話，還是假話？」男孩問。

「假話。」

「我愛妳。」

兩人再次對視，不約而同地開心大笑起來。過了一會兒，男孩忍不住了，也問道：

「那妳愛不愛我？」

女孩狡猾地笑著：「你要聽真話，還是假話？」

「假話。」

「我愛你。」

又是一陣開心的大笑。

女孩用力地吻上男孩的嘴唇，兩條滑膩的舌頭，交纏在了一起。

不知過了多久，男孩突然痛苦地發出呻吟。女孩雪白的貝齒，狠狠地咬在了男孩的下嘴唇上，鮮血順著牙齒流進了她的口腔。

她鬆開嘴，用舌頭滿足地舔著嘴唇上的血跡。

原本就很亮眼的嘴唇，顯得更加豔麗了。女孩望著正捂著嘴巴嚎叫詛咒的男孩，遊移的眼神，緩緩地停留在了他的脖子上。

似乎很美味的樣子，好想咬下去！

女孩的眼神開始變得迷茫，瞳孔放大，整個身體都散發出一種說不出的詭異氣氛。她的嘴唇，緩慢地向男孩的脖子靠過去，越來越近……

夜，帶著濃烈的血腥味道，散入了城市的每個角落。有些事情，似乎已經悄然地改變了。

第一章 鑒定

有時候真的感覺很鬱悶，很多事情都沒有辦法像預料中的那樣把握住。

所以有人說，計畫永遠趕不上變化，這倒是真的。

就像照相一樣，其實，照相只需要一秒時間。

但是，女生化妝至少要二個小時，男生梳頭需要一小時，然後攝影師在那大叫，靠近，再靠近，微笑，又花了一小時。

無聊，實在是很無聊。

記得曾經看過這麼一個故事，

某人的老同學富得流油。他開了間軟體公司，開發了一系列的軟體，生意越做越大。

他的朋友有一天請他吃飯，那人來到朋友下榻的賓館，看見一個大學生模樣的人，跟朋友正在面試。

「這樣吧！」朋友說：「我這裡有個魔術方塊，你能不能把它弄成六面六種顏色呢?你看清楚，我示範給你看。」

說著，朋友就轉起了魔術方塊。不一會兒，那個魔術方塊就轉好了。

「看到了嗎？」朋友對那大學生說：「你也試試看吧。」

那個大學生拿著魔術方塊，面有難色。

他的老同學看到了自己，便對大學生說：「如果你還沒想出來，可以把魔術方塊拿回去研究，我會待到星期五。」

等那個淚藍時大學生走了後，那人問自己的朋友，「怎麼，這就是你獨創的考題？」

「當然不是！這個人有後台，我不好意思不要他，所以出個題考考他，以便到時候安排個合適的職務給他。」朋友有些無奈。

「要是我，」那人說：「我可沒你那麼聰明，我會把魔術方塊拆開，然後一個個裝回去。」

「如果他這樣做就好了。這就說明他敢作敢為，可以從事開拓市場方面的工作。」

「那其他的做法呢？」那人問。

朋友幽默地答道：「現在的孩子都不玩魔術方塊了，所以，我不相信他能馬上轉好。

「如果他拿漆把六面刷出來，就說明他很有創意，可以從事軟體發展部的工作。如果他今天下午，就把魔術方塊拿回來，就說明他非常聰明，領悟能力強，做我的助理最合適了。

「如果他星期三之前，把魔術方塊拿回來，表示他請教其他人，也就是說他很有人緣，可以讓他去客戶服務部工作。如果他在我走之前拿回來，說明他勤勞肯幹，從事初級工程師的工作沒問題。

「如果他最終拿回來，說他還是不會，那說明他人很老實，可以從事保管和財務的工作。可是如果他不拿回來，那我就愛莫能助了。」

原來如此！那人佩服得大點其頭。

第二天晚上，朋友又請他吃飯。在飯桌上，那人問起了魔術方塊的事。

這一回，朋友有些得意洋洋。

「那個大學生，我要定了。他今天早上，把魔術方塊還給我了。

「你猜怎麼的？他新買了一個魔術方塊給我！還笑嘻嘻地對我說：『你的魔術方塊，我轉來轉去都無法還原。所以我新買了一個，它比你以前的那個更大，更靈活！』」

「這說明什麼？」那人問。

他的朋友壓低了聲音，悄然答道：「他絕對是做盜版的好人才！」

人生也真的就像這樣，不論你有多麼沒用，但總有一點，會有你放光、發熱、擅長的地方。

那麼，現在躺在病床上的張克，這個糊裡糊塗又沒有什麼優點的傢伙，究竟是因為哪一點發了光、發了熱，才會讓皇甫三星那個老狐狸，提拔他坐上營業部總監的位置？

恐怕，謎底非要問皇甫三星，才會知道了。

張克的女友趙倩兒，正坐在病床前，雙手緊緊握著張克的左手，結婚戒指牢牢地戴在無名指上。

她看著自己男友緊閉的眼睛，看著點滴無聲地將活下去所必需的營養，流入男友的身體，然後，視線再次停在了自己纖細雪白的手指上。

她的眼神裡，流露著說不盡的落寞悲涼，有人說，通向心臟的血脈是在無名指上的。

但是，這個緊緊地用戒指拴住了她的無名指的男人，現在卻像個植物人一般，不知道什麼時候才會醒來。

她好怕，好怕他會永遠都沉睡下去，更怕自己有一天會變心，會等不到他醒來……

突然感覺手臂濕濕的，我才發現，夜雨欣不知何時死死摟著我的胳膊，也開始流淚。

唉，女人果然是一種容易感染悲傷情緒的動物。

我遞給她一張紙巾，嘆口氣，然後望著趙倩兒的背影。

總的來說，她是個十分堅強的女性，有主見，和張克那傢伙完全是天壤之別。唯一的缺點是，居然會喜歡像張克那樣的人，人生果然深不可測啊！

張克那個糊塗的傢伙，雖然和他相處的時間並不多，而且還在開車的時候打瞌睡，險些害得我們一車三命，不過他的性格，我還是滿喜歡的。

他確實很脫線，不過為人很真誠，和他在一起，不需要猜測什麼，也不需要勾心鬥角。而且，他實在很有趣。

唉，老天真的很不公平，不是說，傻子不會得什麼大病嗎？他居然會因為腦死亡，而變成植物人，丟下那麼愛他的女友……

我實在想不下去了，用力地甩甩頭，輕輕地拉著夜雨欣，走出了病房。

夜雨欣長長睫毛上的淚跡還沒有乾，紅潤的嘴唇微微地顫抖著。

她衝著我哽咽地輕聲道：「剛剛倩兒姐姐，跟我講了許多張克大哥哥的事情，她說他雖然是很沒神經，粗枝大葉的一個人，但她就是很愛他，不知道為什麼……

「小夜哥哥，人的生命真的那麼脆弱嗎？前幾天那個大哥哥，還領著我們到處跑呢！」

我嘆了口氣，不置可否地搖搖頭，什麼都沒有說。

最近的事情真的是一團糟，如同亂麻一般地沒有任何頭緒。我很煩，也有些不知所措。

突然手機響了起來，是二伯父。我剛聽完他的話，就匆匆地拉著雨欣向醫院外跑。

雨欣大惑不解地問：「出什麼事情了？」

我頭也不回地答道：「我們趕快去市裡的美術研究院，我們撿到的那幅『紅色葡萄園』，已經鑒定得差不多了。」

等我們到了美術研究院的時候，已經是一個多小時以後的事了。

一見到二伯父，我就喘著氣，緊張地問：「結果怎麼樣？」

二伯父的笑容非常僵硬，怎麼看怎麼覺得怪異。

他看了身旁的一個六十多歲的男子一眼，介紹道：「這位是研究院的院長王昆教授。」

我立刻禮貌地伸出手去：「王教授好，那幅畫的結果怎麼樣？」

這位樣貌嚴肅的教授，看起來也很心急的樣子。

他用力地和我握了握手，聲音略微有些激動地問我：「夜教授告訴我，是你發現這幅畫的，具體情況也不肯告訴我。

「能不能讓我知道，你是在哪裡找到了這幅畫？」

我不動聲色地望了二伯父一眼，冷靜了下來：「具體情況以後我再慢慢告訴您，請先告訴我結果！」

王昆教授有些無奈地點點頭，帶我們走進了他的研究室，「這幅畫自從拿進來以後，我就開始鑒定，但結果真的讓人有點匪夷所思。」

看了我們一眼，他解釋道：「先來說說，一般我們怎麼辨別一幅名畫的真偽好了。

具體來說，一共有四個步驟，比如這幅『紅色葡萄園』。」

他指了指對面我撿來的那幅畫，「眾所周知，這幅畫是梵谷在一八八八年十一月畫出的。要鑒定它的真偽，第一步，我們會先比對作者在那個時間段的風格。

「再來，我們才會找出一八八八年歐洲普遍使用的顏料，用顯微鏡進行比照，看是否相同。第三步，是簽名。」

王昆教授指了指「紅色葡萄園」的簽名，道：「每個人的筆跡都不同，所以作者的簽名，往往是判斷一幅畫真偽的最重要因素。最後一步，才會用放射 ray 檢測畫布的年代。」

說到這裡，王昆教授的臉上出現了深深的迷惑：「這幅畫，我花了好幾天去仔細地鑒定，第一、二、三個步驟，都說明了它是真跡。

「但用放射線照射後，卻出現了一個非常奇怪的結果！」

他深深地看了我們三人一眼，聲音清晰，但是語氣卻有一絲顫抖：「畫布，畫布太新了！

「雖然和一八八八年法國製造的畫布，不論樣式還是製造原料，都是一樣的，但是放射線卻指出，畫布的出廠時間，應該沒有超過四年。」

「什麼意思？」夜雨欣和二伯父的腦子，一時拐不過彎來。

我整理了一下頭緒，儘量用平靜的語氣問道：「您是說，這幅畫是假的？是最近幾年才假造出來的贗品？」

「不對。」王昆教授又迷惑地搖頭，「這麼真的畫作，沒有任何人可以造假出來。只是畫布的問題，讓我百思不得其解。不論怎麼看，這幅畫都應該是真的。」

「到底是真是假，請您說清楚一點。」我有些不耐煩起來。

王教授苦惱地緊抱著頭，大聲地說：「我也不知道，以我四十多年的鑒定經驗來看，它是真的。可是畫布……畫布！」

「還是不用猜測了，我這裡有個最簡單的方法。」

我不客氣地打斷了他的話：「梵谷的這幅『紅色葡萄園』，現在應該保存在莫斯科普希金博物館裡，您打個電話過去，去問問情況不就得了。」

王教授抬起頭，用力地搖了搖，然後繼續用雙手抱住，困難地說：「沒用，如果這幅畫是真的，普希金博物館裡保存的就是假貨。

「如果他們真的買了假貨，又怎麼可能把醜事外揚呢！」

我實在是無語了，和夜雨欣對視一眼，無奈地道：「這幅畫既然有疑點，而且還是那麼明顯的疑點，現在判斷它是真的，也太早了點吧。」

就在這時，有個研究員拿著一份報紙，匆匆忙忙地撞了進來。

他喘著粗氣，聲音十分地緊張：「王院長，今天的報紙上有條新聞，是關於『紅色葡萄園』的，它被偷走了！」

這番話頓時在這個小小的研究室裡，掀起了軒然大波，所有人都震驚得從椅子上站了起來，全身僵硬，驚訝得幾乎連喘氣都忘了。

王昆教授迫不及待地搶過報紙，我們三個也將頭湊了過去。

只見早報的頭版頭條，用二號大字清晰地寫著標題：普希金博物館遭盜竊，梵谷「紅色葡萄園」不翼而飛。

大意說的是一個禮拜前，普希金博物館放在保險箱裡的「紅色葡萄園」不翼而飛，但怪異的是，現場沒有任何遭到偷竊的痕跡。

員警的涉入以及暗中調查，初步排除了有內賊的可能性。

普希金博物館原本想隱瞞，最後，因為某職員忍不住告訴了自己的妻子，而將秘密洩漏了出去。

這個案件的疑點很多，俄羅斯警方還在進一步調查中。

我們將報紙中相關的報導，認真仔細地看了一遍，默不作聲地坐回了椅子上，許久都沒有誰願意開口打破沉默。

我苦笑了一聲，輕聲道：「一個禮拜前，還真巧，我們就是在七天前發現這幅畫的。」

夜雨欣有些迷惑地問：「小夜哥哥，奇怪了，為什麼報紙上說，那幅畫是在保險箱裡消失的？以前你們不是告訴我，它掛在博物館裡，供人展覽觀看嗎？」

「傻瓜。」我望著王昆教授，又看了看二伯父，道：「一般而言，藝術品都是很脆弱的。特別是畫，不論畫作用的是什麼材料，一百多年的時間以及外部因素，也足夠將它們撕扯得支離破碎。

「所以，博物館裡拿出來展覽的藝術品，幾乎都是複製品，真正的畫作，都會被保存在低溫的保險箱裡，以免受到傷害。」

夜雨欣了然地點頭，撇了撇嘴，道：「切，以後我再也不去博物館了，既然都不是真東西，還有什麼好看的，還不如出錢買本畫冊。」

聽了她有些刻薄的話，王昆教授和二伯父的臉色，都不太掛得住了。我暗笑著，視線再一次凝固在那份報紙上。

撰寫這份頭條新聞的記者十分有水準，該說的話無一闕漏，而文章中更是隱含了許多沒有說出的意思。

既然警方沒有發現遭到盜竊的痕跡，也排除了有內鬼的可能，那麼那幅「紅色葡萄園」，到底是怎麼消失的呢？

還有，如果真的是被盜的話，為什麼竊賊只是偷走了一幅畫，而對保險櫃裡眾多的收藏視而不見？

既然能夠不被發現地潛入普希金博物館戒備森嚴的保險櫃裡，那麼，那個竊賊應該是做了萬全的準備。

他或者他們，絕對有極為高明的手段，而且設備的花費以及資料、資訊的收集，也會花費一筆巨額的費用。

費了那麼多心血，幹嘛只拿走一幅畫？

不知不覺間，我腦海中又浮現出一個禮拜前，那個在陸羽棺材旁邊昏倒的男人。那個男人絕頂聰明，如果是他，應該有潛入普希金博物館，偷走畫的可能。

而且，現在這幅令人疑惑的畫，也正是在發現他的那個位置旁邊找到的。

將手伸入口袋裡，我摸到了從那個男人無名指上取下來的戒指，莫名其妙地笑了起來，這個看起來對他很重要的戒指，會不會將他帶到我的面前呢？

嘿嘿，突然有些期待了……

第二章 線索

很晚了，我依然翻看著下午從圖書館找來的資料。

書桌上，滿滿地擺了一桌書，全都是關於陸羽生平的記載。

不過，所有的記載都千篇一律，說的都是他怎麼怎麼怎麼怎麼被拋棄，怎麼從一個結巴變成去唱戲，怎麼寫出《茶經》等等事情。

對於他的死因，和下葬時的描述，幾乎都是寥寥數語，並不詳細。

陸羽真的是因為衰老，而自然死亡的？我看過他的屍體，雖然只是匆匆一瞥，不過屍體上，卻依然有一種莫名其妙的活力。

還有他神態的安詳，不會讓人覺得他已經沒有了生命，好像只是睡著了一般，隨時都會醒過來……

我嘆口氣，重重地靠在椅背上，食指用力地按著太陽穴。

門外響起了幾下敲門聲，然後傳來夜雨欣甜甜的聲音：「小夜哥哥，睡了沒有？要不要吃宵夜？」

沒等我回答，她已經端著托盤走了進來。扔掉幾本擋在自己面前的書，將東西放在已經沒有多少空間的桌子上，她才咋舌道：「小夜哥哥，你也太用功了吧。」

夜雨欣用視線掃視著房間，在沙發上坐下，拿起電視遙控器，自顧自地又道：「看過『午夜哲理』這個節目嗎？滿有趣的，小夜哥哥，我陪你一起看，就當是休息大腦！」

我懶得去搭理這番沒有營養的話，又拿起一本書埋頭苦看。夜雨欣嘆了口氣，在咖啡裡加了牛奶和糖，攪了攪，放到了我面前。

打開電視，那個所謂「午夜哲理」節目，似乎才剛開始的樣子，一男一女兩個主持人的聲音，不時地傳入我的耳中。

所謂的「午夜哲理」，這個節目真的有些莫名其妙。

它類似某些魔鬼辭典，用的都是一些空泛沒有任何意義，而且又似是而非的詞語，堆積成某種乍看起來似乎很有意義的所謂第二層次哲理，不過，收視率聽說還不錯。

「公說公有理，婆說婆有理，究竟誰有理？你有理，我沒理，你理我不理。」一個聽起來令人討厭的男低音，說起了開場白，聲音低沉得就像是在念咒語。

我皺了皺眉頭，抬起頭，看到夜雨欣抱著枕頭，坐在沙發上聚精會神地看著，一副天真爛漫的可愛樣子，頓時把剛想講出來的話，壓在了嗓子眼裡。

唉，對這個妹妹，我真的沒什麼辦法。

電視的聲音不時灌入耳中，我嘆口氣，無奈地扔下書，也看了起來。今晚似乎討論的是男人與女人的話題，採取女問男答制，回答得頗為精采。

問：女朋友和老婆有何差別？

答：差十五公斤。

問：男朋友和老公有何差別？

答：差四十五分鐘。

問：男人對女人講話不正經，叫做什麼？

答：叫做性騷擾。

問：女人對男人說話不正經，叫什麼？

答：叫做每分鐘二十元付費熱線。

聽到這裡，夜雨欣轉過頭來看我，問道：「有意思吧。雖然有些東西我聽不懂，不過似乎說得都很有哲理的樣子。」

我頓時被她逗得哈哈大笑起來，這一笑，滿腦子的煩惱，也都扔到了九霄雲外。

我看著她漆黑發亮的眸子，神秘地說道：「小意思，我也給妳講一個很有哲理的故事好了。據說聽懂的人，能過佛教專業八級考試！」

「真的？」夜雨欣立刻來了勁，用力地挽住我的手臂連聲道：「我要聽，快告訴人家！」

柔軟飽滿的胸部，擠壓在我的胳膊上，我頓時心不在焉地望向天花板，撓撓鼻子，講了起來，「據說，有一個叫俱胝禪師的和尚，我國禪宗『一指禪』的故事，就是由他而來的。你知不知道，禪宗其實是不限於借用言語文字來傳道的。

「六祖以後的這位大禪師，有人問他什麼是『道』？他回答得很簡單，每次都是舉起一根食指示人，說道：『就是這個！』但這個是什麼？誰也不知道，可是問他的人卻都懂了，悟了道。

「有一天老和尚出了門，不在家，一個跟了他很多年的小沙彌在守廟。這天有個人來找老和尚問道，小沙彌說：『師父不在，你要問道，就問我好了。』

「問道的人便請小沙彌告訴他，什麼是道，小沙彌學師父的樣子，舉起一根食指，向那問道的人說：『這個！』

「那個問道的人很高興，跪了下來，因為問道的人真的懂了，悟了道。這個小沙彌，卻是真的不懂。

「等師父回來了，小沙彌把這件事，元元本本地告訴了師父。師父聽了報告，一聲不響地走進了柴房裡，過了一會兒背著手出來，要小沙彌再說，他是怎樣向人傳道的。

「小沙彌又比劃著伸出一根食指說：『這個！』師父將放在背後的手一揮，用手上的柴刀，把小沙彌的那根食指砍斷了。

「小沙彌手指被砍，痛得大叫一聲：『哎喲！』據說從此後，小沙彌也悟了道。」

夜雨欣絲毫沒有聽懂的樣子，眼神依然呆呆地看著我，過了好久才小心地問：「完了？」

「完了。」我點頭，笑咪咪地說：「小雨欣，妳聽懂了嗎，是不是覺得這個故事很有哲理？」

「我看聽得懂這個故事的人，可以去精神病院應聘被研究的工作！」夜雨欣氣呼呼地嘟著小巧的嘴：「小夜哥哥騙人，我才不信有人會懂，而且裡邊根本就沒什麼哲理嘛！」

「哲理肯定是有的。不過……」我越發感到好笑，像個奸商似地瞇著眼睛道：「不過，我們都是凡夫俗子，不懂也是應該的。現在不懂，說不定以後就弄明白了！」

夜雨欣「哼」了一聲，轉頭又看起電視。

「午夜哲理」結束後，接著是第二部分「哲理人生」。大意說的是在一間廟裡，有次，有個住持問一位新來的和尚說：「你曾經到過這裡嗎？」

和尚答：「來過。」

於是住持說：「好，喝茶。」

然後，住持又問那個來訪的和尚相同的問題，該和尚想了想後，卻答道：「沒來過。」

住持笑了笑說：「很好，請喝茶。」

當時就有個人，迷惑不解地問住持道：「大師，怎麼不管他回答什麼，你都叫他喝茶？究竟為什麼他要喝茶？」

這位住持微笑著，沒有回答，只是叫了那個來訪的和尚一聲。

那個和尚猛地眼睛一亮，神色肅然地和住持對視，大喊：「喝茶去！」然後雙雙仙逝。

我愣了一下，衝著又是迷惑不解的夜雨欣解釋道：「這個故事說的是唐朝的積公大師和從諗禪師之間，臨死前的一個故事。」想了想又道：「妳知道積公大師是誰嗎？」

夜雨欣搖頭。

我笑著說：「他就是茶聖陸羽的師父，唐朝有名的僧人。說不定這個節目現在講這個故事，為的就是繞一個圈，把陸羽帶出來。

「畢竟，現在陸羽的屍體才被挖出來，報章雜誌上天天都在報導他的事，電視台不在這上邊做一點文章，就太對不起觀眾了。」

果然，男主持人開始介紹起陸羽的生平，說的都是被書籍和報紙上討論、刊登到爛掉的東西，看得我非常失望。

女主持人依然做出一副白癡的樣子，裝出津津有味的表情，看得讓人噁心。

男主持人講到最後，頓了頓，然後神秘地笑起來，他望了一眼身旁的女主持人，故作遲疑地詞鋒一轉道：「很少有人知道，其實陸羽這位聖人，還有過一段驚天動地的感情。」

我猛地抬起頭，眼睛一眨不眨地看著電視。陸羽曾經有過戀人？為什麼所有的書上，都沒有絲毫的記載？頓時，好奇心被這個節目成功地挑了起來。

「根據我看過的一本書記載，那是一個叫做崔淼兒的女孩子，最後她為陸羽自殺了！」

崔淼兒！這三個字，有如雷電一般地刺穿了我的身體。

我全身猛烈地一震，然後從椅子上跳了起來。

夜雨欣滿臉驚詫地望著我，呆呆地問：「小夜哥哥，你怎麼了？」

「崔淼兒，這個名字好熟悉，我似乎在哪裡看到過。」我捂住腦子拚命地回想著，對了，在那裡！我記得就在那裡，我隱約瞥到過這三個字，只是當時沒太注意。

我猛地拉過夜雨欣的手，飛快地向外跑。

「我們去哪？」夜雨欣邊跟我跑邊問。我頭也不回地匆忙答道：「去地下室！我記得那口棺材上刻著『崔淼兒』這三個字。該死！」

不知為何，心底總有一絲隱隱的不安感覺。

崔淼兒，這個女人到底和陸羽有什麼關係？難道，真的是他的情人嗎？

為什麼我看遍了所有關於陸羽的記載，都沒有任何隻字片語，描述過她的存在？

還有，心好煩悶，總感覺似乎有什麼，在慢慢地改變了……

□

好不容易，才跑到地下室停放棺材的那個研究室。

棺材依然靜靜地擺放在房間的正中央，四周的玻璃碎片也沒人打掃過，維持一個禮拜前陸羽屍體消失後的原樣。

枯黃的葉子，帶著一種說不出的蕭條落寞感覺，鋪在棺材的底層，黑褐色的石棺，在橘紅色的燈光照耀下，還是要死不活地反射著冷光。

這種不屬於活人的生活用具，不管曾經放著的是誰，都會帶給人一種寒意，那種寒意直接深入到心臟深處，即使是骨髓都能凍結。

這個房間，怎麼突然變得詭異起來了？我深吸一口氣，走到了棺材旁。

夜雨欣用手死命地挽住我，就像一放開，她就會沒命了似的。

我撥開那層不知名的茶葉，讓隱約刻在棺材右側的字露了出來，仔細地一看，字一共有六行，用的是篆體，字體清秀，有一種超凡脫俗的感覺。

雖然經過數千年的歲月摧殘，有點褪色，不過還是能看得很清晰，只是不知道，是不是茶聖陸羽親手寫的。

字拼湊起來，是詩一首，標題是：《送崔焱兒哀歸湖州》，再下邊是詩的主體：

「竟陵西塔寺，蹤跡尚空虛。

動樹蟬爭噪，苧翁滿離憂。

喜是攀闌者，慚非負鼎賢。

莫問憑欄意，歸老共白年。」

「唐貞元二十二年於湖州」，我輕輕地撫摸著最後幾個字，思緒有些混亂。

夜雨欣呆呆地望著那首詩，許久才說：「那個崔淼兒，就是剛剛那男主持人提到的茶聖陸羽的愛人？這首詩好有意境！」

我搖頭：「陸羽一輩子都沒有婚娶，這個崔淼兒，恐怕是愛他而且他也愛的女人吧。

「畢竟，陸羽在要進棺材的時候，還記得她。唐貞元二十二年？也就是西元八〇四年的樣子，陸羽就是在那一年老死的。不過，真的很奇怪！」

皺了皺眉頭，我喃喃道：「既然陸羽愛她愛得那麼深，為什麼不娶她？而且關於他的著作裡，也絲毫沒有任何有關崔淼兒這個人的記載。

「我剛剛才看過陸羽在世時寫過的所有詩詞集匯，也沒有這首詞的印象。也就是說，這首詞是崔淼兒這個人，曾經存在過的唯一證據？」

「小夜哥哥，你在自言自語什麼？」夜雨欣用力地拉了拉我的衣角。

我頓時回過神來，解釋道：「我總感覺這首詩裡邊，隱隱約約想要透露出什麼東西，不過，我文言文的基礎太差了，實在是搞不懂。」

夜雨欣立刻高興起來，高聲地嚷道：「我告訴你大概的意思好了。嘻嘻，太好了，人家總算找到小夜哥哥你不懂的東西了。」

鬱悶，值得這麼興奮嗎？看來，這個小妮子果然是想見我出糗。

她咳嗽了幾聲，又細細地將詩看了一遍，像是在吊我胃口，見我許久都沒有反應，這才失望地說道：「這首詩的意思是，回到竟陵的西塔寺，才發現和尚都走光了，偌大的寺廟顯得空蕩蕩的。室外樹被風吹動，引得蟬響成一片。

「苧翁，也就是陸羽自己，因為某個人的離開而充滿憂愁。他用手扶住欄杆想笑，卻感覺悲傷的情緒，隨著歲月的堆積而越來越濃重。不要問我是不是愛你，等我死去以後，我會和你永遠在一起。

「完畢。真的好感人啊，沒想到，陸羽還是個這麼癡情的人！比某人好太多了。」

說完後，她小心地瞥了我一眼。我沒理會她，大腦一個勁兒地飛速運轉起來。

看來，這個崔淼兒和陸羽的關係，確實不簡單。

這位茶聖，甚至想把她帶進棺材裡，但問題是，既然說他倆要永遠在一起，可為什麼出土後的棺材裡，只有陸羽一個人的屍體？看來，他們並沒有合葬。

突然想起了「午夜哲理」那位男主持人的話，他曾說過，崔淼兒最後為陸羽殉情自殺了。

那麼，究竟又是誰先死呢？是崔淼兒死後，陸羽帶著悲哀的心緒衰老而死？還是陸羽死後，崔淼兒生無可戀，結束了生命？

唉，這位茶聖的生平，倒是越來越讓人搞不清楚了。我頭大得苦笑了起來，笑容裡充滿了無奈。

夜雨欣學著我皺眉頭，道：「你又怎麼了？小夜哥哥，怎麼每次一遇到什麼古怪的事情，你就變得一副愁眉不展的樣子，還連命都不要地調查。

「就好像全世界，就只有你一個人能解開一樣，真是受不了！」

我瞪了她一眼，道：「妳這小妮子也是不遑多讓。不知道是誰，一聽到自己的老爸和互相仇視了幾十年的某人，因為一口棺材而冰釋前嫌，就像蒼蠅聞到了大便一般，興匆匆地瞞著自己的老媽，搭著飛機跑過來。」

「小夜哥哥，你說的話太難聽了！」夜雨欣氣得在我胳膊上狠狠地揪了一把，痛得我眼淚都差點飆了出來。

女人啊，不管性格看起來有多溫柔，只要稍微得罪了她們，就會立刻變成母老虎。特別是姓「夜」的女性，沒有一個不是怪怪的。這小妮子，我惹不起又躲不掉，還是少招惹她為妙，不然某天我的手臂，真的會被她給廢掉。

說起來，我們到了湖州一個禮拜了，都一直沒有見到夜雨欣的老爸。

二伯父說他出去買東西了，究竟是去買什麼？居然花了七天，都還沒有回來！

正在我胡思亂想的時候，口袋裡的手機急促地響了起來，是張克的女友趙倩兒。

看了看時間，凌晨二點多了，我和她也不過才在醫院見過一次而已，這麼晚了，她找我幹嘛？

帶著疑惑接通了電話，揚聲器裡頓時傳來一陣緊張的女高音，沒想到，那麼文靜的一個女人，也會發出這種高頻率的聲音。

「夜不語，我剛剛在打掃阿克的房間時，發現了一本筆記本。」她帶著哭聲神經質地大聲嚷道：「那個本子上，滿滿地寫了一個女人的名字！

「張克那混蛋，他！他一定是有別的女人了！嗚，我沒什麼朋友，真的不知道該向誰說才好。」

「妳冷靜！冷靜一點。」我的聲音也高了起來，「妳說張克那傢伙會外遇，怎麼可能？雖然我和他才認識，但是就憑他的長相和粗神經，妳沒有甩掉他，已經是他祖上積了八輩子的福氣了。我可不信除了妳會喜歡那傻瓜外，還有誰會欣賞他！」

電話那邊的聲音，慢慢地平靜了下來，趙倩兒遲疑地說道：「可是，我以前也在他睡覺的時候，聽到他叫過這個女人的名字。」

「妳會不會是聽錯了？」

「絕對不會，『崔淼兒』這三個字，絕對是個女人的名字，張克那王八蛋，居然還把她的名字寫了滿滿的一本。等他醒過來，我，我……」

電話的這一邊，我完全驚呆了。

「崔淼兒」，又是這三個字。今天究竟是怎麼了，為什麼這個十分冷僻的名字，在三個小時內，在我的生命中重複了幾十次？

「妳說她叫崔淼兒？是不是三個水的那個淼？」我儘量讓聲音顯得十分鎮定，不動聲色地問。

「對，你怎麼知道？」趙倩兒明顯地有些驚訝。

我的心臟狂跳，感覺自己似乎抓到了一條十分大的線索，頓了頓才問道：「妳在什麼地方？我和夜雨欣馬上過去！」

陸羽，崔淼兒，再加上張克，他們之間，會有什麼必然的關聯嗎？

我確實不信張克會外遇，但是，他寫了滿滿一本子崔淼兒的名字，是巧合？還是裡邊有什麼未知的原因？好奇心像是毒癮發作了一般，熾熱得彷彿我全身都燃燒了起來。

心臟癢癢的，看來，事情是越變越複雜了。

第三章 羈絆（上）

倩兒：

親愛的。不知為什麼，今天老是睡不著，就好像有什麼東西放不下一樣，老是堵在心口的位置。

我悶悶的，喉嚨發啞，但是卻抓不住它。唉，看來我是失眠了。其實睡著了，也是作些莫名其妙的夢，睡不著也好吧。

現在是二００五年四月六日，凌晨四點四十五分。

我記得很清楚，就是在五天前，夜教授挖出了陸羽的木乃伊。兩天前，我被老闆皇甫三星調到了他的研究所，做所謂的協助工作。

已經八個小時了，我不想看下載的電影，也不想看漫畫、小說，什麼都不想做。只是一個勁兒地躺在電腦前發呆。

仔細想想，閒著也是閒著，乾脆給妳寫一封信。希望寫完後，可以得到數一千隻羊的同等效果。

但是，該寫些什麼呢？手放在鍵盤上，第一次有些不知所措。

腦袋裡像是流動著一團一團的漿糊，實在無法言明。不知道妳是不是感覺到，又或者妳感覺到了，但是卻不在乎。我們之間，似乎越來越僵硬了。可能這僅僅是我的感覺吧。雖然我一直都把這一切，歸納為妳因為工作的事情，而產生的焦躁以及情緒的不穩定。

人在走下坡的時候，常常都會有這些負面的情緒。不管是作為妳的男友，還是一個半吊子的心理學愛好者，我都要提醒妳，有這些負面情緒，會讓妳更加地煩躁不安。

如果妳實在感覺心煩意亂的話，打電話給我，或者站到窗台邊，打開窗戶，深呼吸三次。那樣應該會好一點。畢竟聽妳發牢騷，也是我的一種義務。

Your 張克

倩兒：

肚子好餓，剛剛找遍了全家，都沒有找到半點可以立刻吃的東西，很難過。算了，餓就餓吧，最好餓得暈過去，不然再失眠的話，我就真的考慮拿根棍子，把自個兒敲昏了。

最近我都在想，我在努力地想，我在拚命地想，我們之間現在的狀態，算是穩定期，還是危險期？最後，也放棄了再想下去，我怕答案。

有時候，覺得自己很搞笑，因為不管對誰，我都能很平靜自若地對待，但是所有事情，如果發生在了妳身上，就怎麼都無法保持心如止水了……不但容易生氣，還變得很幼稚。

正如妳所知道的，我真的很愛妳，但不論怎麼向妳求婚，妳總是不答應。

而我又能做到什麼呢？或許，什麼都做不到。

Your 張克

倩兒：

好吧，我承認，一直以來我都很孩子氣，也有些粗神經。一直都是妳在照顧我。雖然我在努力，但似乎仍然有很長的一段路要走，突然感覺，有點累了。

趁著肚子餓，頭腦不清醒的時候，順便把交往幾年來的事情，統統回憶了一次。我有些迷惑，或者說，猜不透。眼前全都是層層濃厚的霧氣，我看不到未來。

我們以後，仍然會像現在這麼相愛嗎？對於幾乎沒什麼優點的我，妳會繼續愛我嗎？我們之間，真的永遠都能穩定嗎？

其實，我是個十分容易滿足的人。很難生氣，而往往生氣，開始好像很厲害，但是在構成颱風之前，常常都是吹到海上去了，構不成威脅。其實，讓我開心也很簡單，只要看到妳笑就好了。再不然，突然對我說一聲愛我，我什麼氣都會煙消雲散。

嗯——有點扯遠了。

算了，不寫了，真的快要餓死了，以上就當我是餓昏頭時候的胡言亂語吧。

Ps.關於妳的工作，我實在幫不上什麼忙，但我相信，我們一起努力，總會好起來的。或許我真的幫不了忙，但至少也不會扯後腿。

Your 胡言亂語的張克

趙倩兒坐在沙發上，慢慢翻看著張克這麼多年來寫給自己的信，內心中說不出是什麼感覺。

信裡有她和自己最愛的人的點點滴滴，這每天的一點一滴，才堆積成了現在的他們。

現在，她已經是張克的妻子了。雖然婚禮還沒有舉行，不過她可以等，等他醒過來，她有的是耐心。

可是那個混蛋，他是不是真的對不起自己了？居然滿滿地寫了一本子某個女人的名字。

一想到這裡，她就想砸東西。視線在自己老公的小公寓裡，緩緩地掃視了一遍，最後卻嘆了口氣。這裡邊的每一樣東西，都有著兩人的回憶，她捨不得摔壞任何一樣小物品。

女人，尤其是像自己這樣的女人，真的是太過於感性了！

趙倩兒忍住哭，努力地在臉上形成一圈類似於笑容的表情，繼續翻看手裡的信件。下邊有一封是去年的，一年而已，怎麼感覺似乎已經過去了一個世紀？

□

倩兒：

親愛的，當這封信寄到妳的手裡時，妳的生日應該已經過了好幾天了。

我就不再祝妳生日快樂了，我相信，在妳的生日的前一天，已經看到了我送妳的那份神秘禮物，如果妳沒有放我鴿子的話。〈笑〉

嘿，正經不起來，還是閒聊好了。說起來，我被副總監那個混帳王八蛋老處女，派到荷蘭最西邊這個叫米德布克的小城市，已經好幾個禮拜了。

真的很想妳。

米德布克三面臨海，滿街的建築都很有法國風情。在這兒居住，其實挺方便的。附帶的，也有許多女孩口中常咬著不放的所謂的浪漫，這的確是個美麗的小鎮。

只是天氣總是變幻無常，就像穿著裙子，戴著耳環的男人們的口音一樣，妳別指望從他們的嘴裡，吐出些許像樣的詞兒來。

不知道還要在這裡待多久，所以我租了一間房子。我的房東是個很有趣的小老頭。他是個典型的瘦男人，哈，這種人在荷蘭，少得就像他的頭髮一樣。

「米德布克是個恬靜的地方，我喜歡這裡。」房東第一次來時，我這麼對他說著。他幸福地點點頭，比劃著用爛得一塌糊塗的英語說：「Ya，Here is so Good，In ever want had any problem in here！」（對！這裡很好，我永遠也不希望有任何事打破它的寧靜。）

對，我也不希望在這兒發生任何不好的事，畢竟如此恬靜的地方，在這個世界上已經很少了。妳呢？現在過得是否還好？

每天傍晚工作完畢，忙中偷閒的我，都會到海邊去看夕陽。我總愛坐在海灘上，望著落日緩緩沉入地平線下。那時我便吹響笛子，自我陶醉在潮汐中。

笛聲，浪潮與黯淡的夕陽……

我的耳畔彷彿會聽到那首詞：「把酒祝東風，且共從容。垂楊紫陌洛城東，總是當時攜手處，遊遍芳叢。聚散苦匆匆，此恨無窮。今年花勝去年紅，可惜明年花更好，知與誰同？」

不知為何，這首歐陽修的「浪淘沙」都會伴隨著妳一起，常常在我的夢裡出現。

每當念罷這首詞，妳總是會銜著我輕輕地一笑，加上句：「今年花勝去年紅，別過今年，君與誰同？」

沒有妳的時間，真的很難熬過去，一天又一天，我就這麼艱難地繼續活下去，像是行屍走肉一般。

海灘上散步的路人，悠閒地不斷從我身前走過。他們向我微笑，也有的為我淒寂的笛聲而鼓掌。

我就這麼過著。生活，學習，一切看起來都那麼完美，但心裡卻總是少了些什麼……

直到那一天，我才明白自己少了什麼……

那天，也是傍晚，依然在海邊。我吹著笛子，幾曲畢後，才發現身旁不知何時多了個身影。那是個近三十歲的女性，挺漂亮的，只是已經哭得淚流滿面了。

「很動聽的曲子！」她對我說：「你是中國人嗎？」

我點點頭。

「我是美國人。」她頓了頓，又道：「到這兒多久了？」

「快一個月了。妳呢？」

「四年多了。唉，你在這兒工作嗎？」

「對。」

「什麼工作？」

「茶生意。」

她笑了笑道：「歐洲的茶生意不好做。」

「對。」我擦了擦笛子問：「妳呢，為什麼來荷蘭？」

「我有兩個孩子。」她掏出一張照片遞給我看，並指著上邊一個大約十二、三歲的男孩道：「你看，很像你吧！」

「比我可愛！他們在哪兒？荷蘭？」有沒有搞錯，我都二十好幾了，怎麼可能像我！

她突然又哭了起來，神經質地抽泣著說：「他們都待在美國。我離婚了，法院把他們都判給了他們的父親。Shit！那些傢伙，竟然說我沒有撫養他們的能力。

「去他媽的，一氣之下，我便跑到歐洲來旅行，最後留在了這兒。沒想到一住就是四年。我想他們，真的，我想他們！」

「對不起……」我不知道該怎麼去安慰她才好。

「我沒關係！哭一下就好了。」她搖搖頭，小心地將照片放回錢包。然後掏出本很舊的美國護照，用力地甩出去，大叫道：「去他媽的！」

海風大起來了，每晚必下的滂沱大雨又要來臨。

她突然伸出手，緊緊地握住我的手掌說：「你要相信自己。你是最好的！你將會讓世界感到你的存在！」

「謝謝。」我站起身微笑道：「我要走了，再見。」

「不！請不要和我說再見！」她神經質地緊張起來，繼而又哀求道：「請不要說再見。如果一定要說，就說回頭見好嗎？！」

「好吧，那，回頭見。」我搞不清楚狀況地依然微笑著，心裡卻像是翻江倒海般地掀起了層層巨浪。

我不知道這個美國女人有沒有說謊，但是真是假，對我又有什麼關係呢？只是我一直都不明白，她為什麼會對我說那麼多，是因為身在異國的寂寞嗎？

從那天起我知道了，自己為什麼會有若有所失的感覺。或許，那就是因為遠離了故鄉而寂寞，沒有了妳的寂寞。哈，沒有了我，不知道妳是否也會寂寞？

米德布克的天空很藍，夜裡的星星，在未經污染的天幕中閃閃爍爍。孤獨之心——北落師門總是在遙遠的北方發亮。倩兒，它美得就像美人眸子中的瞳芒。

還記得吧，我曾經給妳發過這樣的資訊：

曾經有人說過：

魚沒有眼淚嗎？

不，牠有。

那我為什麼從來沒有看見牠哭呢？

因為牠一直待在水中。

其實，真的不要因為無意的隱藏，而忽略了它的存在，傷心的人到處都有，難道悲哀一定要讓你看見，才叫悲哀？而傷痛一定要被驗明，才可以開始傷痛嗎？

哈哈，其實我的意思是說，如果有時間去讓人看見傷痛，那迷惑的人，也有足夠的時間清醒了。

世上有一些東西，是可以遮住雙眼的，讓人們沒有辦法思考，只有盲目地遵從。

這時可貴的思念，便開始蒸發在空氣中，有人能看見它消失時的無奈和留戀，有人卻不知深淺地拚命想挽救，煎熬到連心都疲倦了。

很多的人都說過，得到了就珍惜，不要苛求太多，因為人們之間的感情方式，有自願給予的，也有相互索取的。

很久了是不是？我們相愛已經很久了。和妳在一起真的很快樂，時間似乎也慢慢地沉澱出了回憶，而那邊的妳，卻總是淺嘗輒止，怕習慣了這樣的日子。

或者，愛情真的是可以讓人迷戀於其中的吧。

因為有距離，所以我們可以愛對方，可以很愛對方。

但我也知道，這個世界的一切都是公平的，給妳一些就要收回一些。於是我常常對自己說，失去什麼都無所謂，我只要妳就好了。哈哈，我或許還是有一點貪心吧。

不知不覺寫了這麼多，也沒有什麼主題，只是隨意地在鍵盤上亂打，想到哪，寫到哪。如果妳看得一頭霧水的話，可要多多包涵了，我是無辜的！

還有，親愛的，我真的，好愛妳！

Your 張克

眼淚又忍不住了，不經大腦的允許，私自流了出來。趙倩兒輕輕地撫摸著臉頰上的淚痕，有一種想放聲大哭的衝動。

自己的老公雖然很沒神經，而且做事大大咧咧的，不過對於自己，卻常常顯得很細心。去年他因為被調派到荷蘭工作，沒有辦法陪伴自己過生日而苦惱了很久。

然後不知道他想到了什麼，神神秘秘地在她的生日前夕打電話給自己，要她第二天晚上八點半，去兩人常去的那家西餐廳。

她很迷惑，但還是去了。

一進門，就發現整間餐廳空空蕩蕩的，只有一個服務生。那個服務生把她領到正中央一處擺滿了玫瑰的位置坐下，然後默不作聲地，端來了她平時最喜歡吃的黑胡椒牛排。

悅耳的小提琴聲，在身旁響了起來，那個拉小提琴的老男人望著自己，露出了一絲古怪的笑容。

當時的她有些氣悶，感覺自己像是被耍了，正準備打電話臭罵那個傢伙一頓的時候，揚聲器裡，突然傳出了張克有些沙啞的聲音。

「生日快樂！倩兒，我們交往有多久了？很久了，對吧？其實，我一直想告訴妳，從交往開始，我就很喜歡妳。漸漸地，這種喜歡變成了一種莫名的情緒，我不知道那是什麼感覺。沒有心跳，很平淡，卻令我十分嚮往，或許，那就是愛吧。

「然後，妳突然離開了我，然後，我們又再次地相遇。其實，我可以很坦白地告訴妳，我愛妳，我很愛妳，我非常非常愛妳，比愛我自己，更加地愛妳。等待了兩年，現在，妳可以告訴我了吧！妳，愛我嗎？算了，我知道妳永遠也不會回答我。

「我很傻吧，明知道妳是那種絕對不會坦白的人，妳太過於保護自己了，妳把自己嚴嚴實實地密封在自己的軀殼裡，我闖不進去，只能在外邊不斷地敲門，希望總有一天，妳能夠聽到。

「兩年了，這兩年來，我們都並不算好受，所以，我想結束這種生活。我想第一次，也是最後一次地對妳說，我愛妳，我願意愛妳、守護妳、保護妳、照顧妳一生一世，倩兒，妳願意嫁給我嗎？」

就在那一刻，趙倩兒有生以來第一次哭了。她一直都是個很堅強的女人，美麗、聰明、自信，即使和張克在一起後，身邊也不乏追求者。

說實話，那時候自己對他的感情，實在不算深。但就是因為這件事，才將自己牢牢地拴在了這個很多時候都是懶洋洋笨笨的，沒有絲毫上進心的男人身邊，照顧他，愛他。

還記得，那是他第一次向她求婚。雖然自己沒有答應，不過從此以後，張克那個傢伙就死皮賴臉的，每個月都想盡花招向自己求婚，有時候那些方法，真的弄得自己哭笑不得……

想到這裡，趙倩兒突然傻傻地笑了起來，臉上的淚珠也被她笑得滑了下來。

看來，自己真的很愛很愛那個男人。

唉，真正傻的，應該是自己才對，為了一個男人變成這樣，實在是太像個傻瓜了。

趙倩兒吃力地將雜亂的信件整理好，突然用力地抱住，大聲哭起來，越哭越傷心。背後就是窗戶，一個黑影從濃濃的夜色裡掙脫出來，出現在十八樓的窗外。

那黑影似乎只有一個人的形體，朦朦朧朧的，即使屋內洩漏出的燈光，也絲毫刺不穿那層模糊，猶如僅是一團煙霧。

黑影伸出兩團濃如墨色的手，用力地按在玻璃上，似乎想進入屋裡。

這時，門鈴響了起來，黑影一顫，遲疑了稍許，最後才不甘心地再次隱入了無邊的黑暗中。

絲毫也沒有察覺異狀的趙倩兒，連忙抹掉臉上殘餘的淚痕，向門走去。

第四章　羈絆（下）

緣是什麼東西？

楊俊飛從來沒有想過這個問題，因為他根本就不信。只因為他作了一個古怪的夢，才突然記起了這個字。

陽光很柔和，帶給他一絲溫意，恰好與清晨冷冷的空氣成為對比。他站在醫院窗外看著趙倩兒和張克這對癡情不渝的狗男女，嘆了口氣。他默默地離開那兩個人，勾起了自己的回憶。

他記起了張冰影和從前的自己，那段往事，那刻骨銘心的一天。

那時的他已滿二十歲，因為某些安排，進入麻省理工大學已有一個多禮拜了。或許是日有所思夜有所夢，當晚，楊俊飛作了一個流淌著濃濃懷念的夢。

夢裡的他，揉著惺忪的眼睛向床邊望，不知何時，Jan 站在了自己面前。

Jan 是房東的大兒子，十七歲。

楊俊飛用牛奶沖了麥片吃起來。房東 Bancy 也起得很早，為他準備午餐帶到學校去。

在校門口，他遇到了自己的老朋友鐘劍，他老遠就衝著楊俊飛叫道：「我那一家子真是那個，連吃飯也要自己出錢！」

楊俊飛只是「嗯」了幾聲，像沒見到他似的。

「喂，怎麼了？」他又再次地大叫。

「呀，是你！什麼時候……」楊俊飛被嚇了一大跳。

「怎麼了，一臉淒苦的樣子。失戀了嗎？」鐘劍打著哈哈，邊走邊關心地問。

「去你的，我只是在想一些人生哲理而已。」

「哼哼，人生哲理？怎麼會想得連身上的自信都掉了！」

今天是校外教學，老師有兩個，一男一女。他們站在一起，簡單明瞭地表達出了「鮮明對比」這個艱深成語的意義。

男老師肥胖得幾乎呈現臃腫的形態，身體差不多是女老師的兩倍。

相對而言，他對女老師較有好感，總覺得男老師太傲了。

女老師叫 Linda，她常常自稱，自己的名字在世界最常見名中，排行第一位。而男老師的名字，楊俊飛到現在也沒弄清楚，不過不得不承認，那肥男的課，講得的確不錯，甚至還能不時地引用老子的「無為論」。

平淡無奇的時間是最漫長的，記得上星期二到波特蘭的 Nick 城時，心不在焉，害得他把背包都弄丟了，也害得一車人陪他到處找，最後倒也讓他找了回來。

鐘劍對他的這種失魂落魄的狀態，很是無可奈何。

今天的校外活動，是到一所高中參觀。休息時，楊俊飛無聊地走到遠離人群的草地上，順手折了一段草稈含在嘴裡，躺在地上。

緣分就這樣沒有預兆地來了，就是那幾十分鐘的遇見，讓他痛苦到現在。

「嗯，這麼不衛生，小心生病！」忽然，他感覺到有誰坐到了自己身旁，還帶來了一陣清新的風。

這是一個他永遠都忘不掉的聲音，而它的主人，是個極為清秀的華裔女孩，在自己的記憶裡，那個女孩一直都美得一塌糊塗。

他向身旁望去，淡然道：「我認識妳？」

「我叫張冰影。」女孩微笑著，衝著他做了個鬼臉，「我們現在不是認識了嗎？」

楊俊飛吐出草稈，打量她。

她穿著一身素色的連衣裙，雙手抱膝，坐在自己身旁。

她只是靜靜地望著自己，嘴角含笑，大大方方的，絲毫沒有刻意躲避自己的視線。看來，是個極有自信的女孩。

「你都不愛和大家玩嗎？」張冰影指著遠處的人群問。

他不耐煩地搖了搖頭：「和他們玩？沒有這必要。」

「那我和你玩好了。」她衝著他眨了眨漂亮的眼睛，「你叫什麼名字？」

「沒必要告訴妳吧。」

「幹嘛這麼酷，小氣鬼。」

楊俊飛沒有再理她，只是把視線移向了學校的那群人。

鐘劍正遠遠地衝著他奸笑，不斷地劃著亂七八糟的手語。

望向天空，依然是一如以往的碧藍，藍得透明。偶爾也會有小塊的雲飄過來，但還不等到離開自己的視線，便已散開了。

那兒的風一定很大！他那樣地斷定。突然，眼前暗了下來，不，應該說是什麼擋住了光線。

楊俊飛極不情願地將眼神移過去，他看到了幾個穿著柔道服的高大男孩。

「中國豬，聽你朋友說，你的中國功夫很棒，敢跟我們比比嗎？」帶頭的那個，用嘲笑的口氣大聲地問道。

「不要理他們，我們到那邊去！」張冰影急忙拉起他的手，想要離開。

「哈，他怕了，懦夫。」那群人紛紛地譏笑起來。

「那傢伙根本就沒種，還學人家泡馬子。上去把他揍一頓！」

楊俊飛不願鬧事，冷笑一聲，默默地跟著女孩走了。

但沒走多遠，一顆石頭從身後丟過來，打在他背上，隨後，有個陰惻惻的聲音道：

「要滾就滾遠點，媽的，東亞病夫！」

「他媽的，是誰！」他猛地轉過身，視線如電般地射向說話的那人。

那是個黃種人，似乎也是華裔，這個得意的美國公民，應該早已忘了自己還流著中國人的血，忘了自己也有著黃色的膚色。

他惡狠狠地盯著自己，眼中流露出譏笑的瞳芒。

「他叫 Peter……」張冰影湊近他的耳邊輕聲說。

楊俊飛覺得憤怒，他大叫道：「哼，我愛打的，就是這種賣國賊！」

「可他是柔道四段……」

不知是什麼力量，支撐他站在這個賽台上。

周圍坐了很多人，他抬頭看到了張冰影擔憂的目光，他微笑，讓她安心，隨後看向自己的對手。

Peter 很高大，肌肉也結實，不過，這只能說明他蠻力不小而已。

雖然對外說是一場友誼賽，不過楊俊飛很清楚，那僅是名義上的，就像賣淫，也需要打著援助交際，或者是促進種族大融合的旗號。

台上，一定要有一個人倒下去。

現在的 Peter，活像一隻受創的野獸，圓睜著血紅的大眼睛，恨不得一口將自己吞下去，稱他為「牠」，或許更合適一點。

楊俊飛活動了下筋骨，暗想道：「這兩年學了不少東西，真刀真槍地和別人幹架也不少，怎麼辦才好呢？用什麼拳術？跆拳？空手道？還是合氣道？

「對了，還是用中國正宗的拳法，這樣可以彌補身高上的差距。」

他自小就跟著父親學武術，父親懂的東西很多，他學的便很雜。他幾乎什麼拳術都會一點，雖然是貪多而有點不精，但各種拳術的基礎運用上，還是不錯了。

父親常常說，自己是天才。那位對他影響很大的父親，其實和他沒有任何血緣關係。他是一家孤兒院的院長！

楊俊飛其實在兩年前，還不叫楊俊飛，他是個孤兒，還未滿一歲就被丟棄在孤兒院前，所以，這傢伙從來沒有關於自己父母的記憶。他嘴裡說不在乎，可誰都知道，自己從來沒有放棄對於家人的追尋。

直到某一天，父親失蹤後，他變成了孤兒。隱瞞了會拳法的事，一直隱藏著，直到因為某件事逼不得已，才又使用。

跆拳適合近身戰術，適用於兩個力量相等的人。空手道主要靠以巧勁克剛勁，以小勁化大勁。

而中國的拳法卻很雜，但大多的要旨，是在不讓對方太過接近自己，兩者間至少要保持一腿遠的距離，雖然在進攻上，有可能處於被動，但至少在力量差距過大時，可求自保。

楊俊飛的身形很靈活，基本上可以避開那些笨拙的攻擊。

也難怪，柔道也是一種近身戰術，靠不近身的敵人，就算力量再大，也便毫無發揮的餘地。

已經過了十分多鐘了，Peter 依然難以靠近他。

台下傳來了陣陣「噓」聲，再看看張冰影，她似乎已經不太擔心了，至少，她的臉上露出了一絲笑容。

楊俊飛不知為何寬了心，就在這時，他犯了一個極大的錯誤，他輕敵地進行了第一次進攻。

Peter 閃開了，左腳順勢向下一絆，雙手伸過來，右手狠狠地打在他的左肩，左手把他緊緊鎖住後，又用力地將他壓到了地上。

楊俊飛的心口被右手肘頂住，心想要輸了，卻聽見 Peter 嘿嘿地陰笑了兩聲，跳開來。

他迷惑地翻身站起，有些不明白那傢伙為什麼要放過自己。

「酷哥，你有沒有怎麼樣？」張冰影臉都嚇白了，幾乎要跑到了台上。

楊俊飛抬起右手，示意自己沒事，幸好，剛才他在一霎間側身，讓左臂受了那一擊。

看看對手，他正嘲弄地望著自己，臉上露出一種噁心的惡詐，似乎像在欣賞一件永遠也逃不出自己手心的藝術品。

楊俊飛頓時明白了，原來他放開自己，並不是好心，只是為了繼續折磨他罷了。

這個混蛋！雖然不知道也不想知道，Peter 對自己這個第一次見面的人，為什麼有那麼大的恨意，但他此時只清楚一件事，自己生氣了！

這是他有生以來，第二次感到，自己的拳頭緊緊地握了起來，憤怒的情緒，在自己的身體裡狂亂地躁動著。

記得第一次把自己惹火的人，那傢伙至今都還住在醫院裡，據說是脊椎斷了，有可能會在床上躺一輩子。

這也是為什麼自己離鄉背井，來到美國的原因。

楊俊飛怒而不亂，不斷地引誘 Peter 打出右直拳。

終於他上當了，楊俊飛抓住時機，右拳捏緊，身體直直地向 Peter 的身體衝了過去。

「超重拳！」台下有人驚叫道。

不錯，這正是空手道中最巧、最霸道的一招，超重拳！它是利用身體的力量和衝力，給對手造成極有威力的一擊。

但美中不足的是，打出這招的機會只有一次，失誤了，也就意味著有可能被打倒。

而且，它的攻擊範圍太小，手只能在十公分左右的範圍內伸縮，太短或是太長，都會使威力相應地減小。

拳正中下巴，Peter 那傢伙因槓桿原理，軟軟地倒在了地上。

場下一陣躁動，紛紛為這個出人意料的結局目瞪口呆，只有張冰影還算清醒，她不顧一切地跑上台，一把將他抱住。

「哎！」楊俊飛輕輕地叫喚了一聲，按住了左臂。

「怎麼了，讓我看看。呀！都腫了！去醫護室，我幫你包紮一下。」她關心地道。

楊俊飛指著 Peter 說：「先幫他吧，那傢伙比我慘得多。」

「嗯！嗯！」台下又是一陣噓聲四起，其中鐘劍衝著他嘻嘻哈哈地叫得最響，弄得自己這個總自稱臉皮厚度天下第一、遇到事情處變不驚的傢伙，也難堪了起來。

楊俊飛狠狠地瞪了鐘劍一眼，最後自己也笑了起來，傻傻地笑。

當時他十六歲，張冰影十五歲。

記憶裡，這就是自己和張冰影這個生命中最重要的女人，第一次見面的情景。最後那個女人背叛了自己，和他最好的朋友走了，結婚了。

還記得那天下午，自己沒有坐校車回去，而是去了張冰影的家裡。

「我不會讓你白來，今天讓你嘗嘗我的中國料理！」她用彩繩把自己的頭髮紮成馬尾，走進了廚房。

不一會兒，又傳出了一句話：「冰箱裡有可樂，自己拿好嗎？」

楊俊飛自嘲地笑笑，依然拘束地坐著。直到廚房裡傳來一股飯香，才想到要進去看看。

「要幫忙嗎？」他看到她正忙得不亦樂乎，忍不住問了一句。

張冰影轉過身笑著：「你到客廳去，乖乖地等著我把菜端上來，這就幫了我大忙了！」

「可是……」他欲言又止。

「可是什麼？」她依然在笑。

「妳的飯都快糊了。」

「Oh，My God！」張冰影急忙關上了火。

花了好長時間，飯終於做好了，桌上擺了三菜一湯，還有兩碗可愛卻帶著焦味的大米飯。

「飯前要禱告嗎？」楊俊飛逗趣地問。

「除非你是天主教徒。」

「哈哈，我倒是屬於自由教！」

「自由教？祖國的嗎？」張冰影頓時好奇地問。

「我自創的。」

「哈，你騙我！」她伸出手假意要打他，可是手不夠長。

直到現在，楊俊飛才從她身上，瞄到了一絲東方女孩的影子，他愣了愣，埋頭吃起來。

「好吃嗎？這可是我第一次為男孩子做飯！」張冰影小心地問。

他毫不猶豫地點頭：「嗯，很好，只是這紅燒肉裡，應該少加些糖。對了，妳的祖籍是在福建嗎？」

「你怎麼知道？」張冰影驚訝地道。

「不告訴妳。」他高興地哼起了歌。

突然，有一種淡淡的悲傷感覺，從周圍散發出來，那種壓抑的情緒，幾乎將光線都扭曲了。

抬起頭，卻看到張冰影原本燦爛的笑容，被一臉的哀默取代。

她閉上眼睛，似乎是在哭，一絲絲的淚水，順著光滑的臉頰滑了下來。

「怎麼哭了？」楊俊飛感覺自己的心也痛了起來，他用力地幫她擦拭掉她的淚水。

「不知道。」張冰影搖搖頭道：「或許，是因為你剛剛哼的那首歌！」

「歌？可這是一首歡快的歌呀，為什麼？」女人，唉，直到現在，自己還是不懂這種生物。

「不知道！我真的不知道！」她張開眼睛，突然又笑了，長長的睫毛上還留著殘淚。

許久，她才又道：「也許，這便是爸媽說的離鄉遊子的感覺吧……對了！這首歌叫什麼名字？」

「小草。」

「真美。歌好聽，名字也很美。」張冰影笑得非常燦爛，她望著他，聳了聳可愛的小鼻子，道：「我決定了，我要給你一份禮物！」

「什麼禮物？」楊俊飛對她這句唐突的話，感覺莫名其妙。

「不告訴你，你先閉上眼睛！」

「好，我閉上了。」像是預感到了什麼，他聽話地將眼睛閉上。

「不准偷看喔。」

「好……」

還沒等自己說完，兩片冰冷中帶著柔軟的嘴唇，已經吻在了自己的唇上。濕潤嫩滑的感覺頓時向大腦衝去，只感覺那一刻腦中一片空白，甚至連骨頭都酥軟了。

不知過了多久，唇瓣離開了自己的嘴，滑膩的舌頭，在臉上一路留下了潮濕的痕跡，慢慢地向脖子移動。

就在他沉醉在這份溫柔的時候，突然脖子一涼。兩根尖利的異物刺穿了肌肉，血液不受控制，瘋了似地向外湧去。

楊俊飛難以置信的猛地睜開眼睛，望著幾乎和自己臉貼著臉的張冰影。她的臉上依然帶著笑容，眼中透露出無辜的瞳芒。

鮮紅的嘴唇，似乎吸飽了鮮紅的血液，變得更加地鮮紅了……

她知足地舔了舔嘴唇，而自己的視線卻越來越模糊，最後，視網膜只留下她的倩影。

笑容，她的笑容陰惻惻地，詭異地笑得更加開心了。

楊俊飛驚惶失措地大叫著，從床上坐了起來。是夢！原來是夢！他用力地撫摸著自己的胸口，大腦一片混亂。

已經很久沒有作過噩夢了，不，自己在執行任務的時候，一直都會適當地調節注意力，讓大腦可以最快速地恢復疲勞，這是他在長久的武術以及氣功鍛鍊中，摸索出來的方法。

在這種方法下，自己能很快地進入深睡眠狀態，不要說噩夢，就算是一般狀態下的夢，也不會出現。

可是最近，自從在那個棺材旁邊，被莫名其妙的東西打暈後，一個禮拜了，噩夢總是沒有預兆地，一次又一次地侵襲自己的大腦。

他的內心深處，總有一種十分不安的感覺。像是，像是有什麼恐怖的事情會發生似的。

他很相信自己的第六感，因為這種說不清、道不明的能力，讓他逃過了許多危險。只是這次，那種不安感特別地強烈，在這個城市，究竟會發生什麼事？

楊俊飛習慣性地摸了摸左手的無名指，原本戴在手上那個熟悉的金屬觸感，卻沒有碰到。

頓時他的臉色變得煞白，整個人都呆住了。

沒有了！那個幾乎比自己生命還重要的戒指，居然沒有了！什麼時候弄丟的？他瘋了似地跳下床到處找，將整個房間都搜了一遍，還是什麼都沒有找到。

戒指，一點蹤影都沒有。該死！究竟是什麼時候被自己弄丟的？冷靜，一定要冷靜！

他深深地吸了一口氣，從桌子上拿起一根煙，點燃，思索起來。

這一個禮拜來，他被噩夢折磨得精神恍惚，一直都沒有出過房間門，就算是一日三餐，也要服務生送進來。也就是說，戒指是在一個禮拜前弄丟的。

突然靈光一閃，一個男孩的樣貌浮現在腦中。

對了，就是那小子，他是叫夜不語吧。

自己前天才調查過他，他是目標的主人夜軒教授的侄子，據說ＩＱ極高，好奇心很強，孤傲，獨行獨斷，而且行事專斷，很少考慮別人的意見和死活。

總之，他找人調查出來的結果，也就那麼多，看來這傢伙的性格，實在令人不敢恭維，也不怎麼討人喜歡，只是能力強，報復心又重，沒人敢惹他罷了。

楊俊飛苦笑了一下，這小傢伙一看，就知道不是什麼好對付的角色，和自己有得拚。估計自己的戒指，是落到了他手裡。

不知為什麼，一想起那傢伙的微笑，就有點不爽。

難怪，那天自己逃的時候，他根本就沒有追上來的意思，只是衝著自己古怪地笑，頗有一種勝券在握的樣子。

楊俊飛頓時氣不打一處來，將手裡的煙猛地扔到地上，用力踩滅。

臭小子，你想玩，我就陪你玩個夠！

第五章 發現

「誰？是小夜嗎？」趙倩兒的聲音，從房間裡傳來。

「嗯，是我們。」我喘著氣，臉色發綠，一副心驚肉跳的樣子。

實在是沒辦法，晚上那個偏遠的地方，叫不到計程車，只好讓夜雨欣這個小妮子當司機。

這妮子一聽到可以正大光明地無照駕駛，高興得用力親了我一下，然後一路狂飆，早就忘了上車前，我千叮嚀萬囑咐過的事情。

那個慘字啊，實在是什麼都不想再提。

總之，嚇得我臉色一路攀綠，幾乎和綠化帶上的草地同一個顏色了，下車後都覺得頭暈目眩，腳也在發軟。

這個狂放女飆車族，就算到下輩子，我也不敢再坐她的車。我暗自咒罵著，和自己身旁咒罵的物件，一起走進了張克的房間。

「你怎麼了？」趙倩兒看到我的臉色不好，有些擔心地問。

夜雨欣乾笑了兩聲，急忙掩飾道：「小夜哥哥晚上吃壞了肚子，現在腸胃有點不舒服。沒什麼大不了的問題。」說完，又狠狠地擰了我一把。

我用憤恨的眼神瞪著她，如果眼神真能殺死人的話，這小妮子估計已經死過無數次了。

她又是一陣乾笑，熱情地挽住我的胳膊，手在我背後一陣亂掐，痛得我立刻丟盔棄甲。媽呀，還讓不讓人活了，真想看看這小妮子未來的老公長什麼樣子，居然有那麼大的勇氣為民除害，娶了這麼個女暴龍！

為了少受皮肉之苦，我識趣地轉移開話題，「那幾本本子呢？」

趙倩兒的臉色立刻沉了下來，她不再說話，只是將桌上的一本速寫本遞過來。

我翻開看了一眼，頓時愣住了。

這個速寫本很平常，不厚，只有一百二十頁的樣子，Ａ４大小。不過這個本子，現在寫滿了字，每排三十個，寫得密密麻麻的，全都是一個人的名字——崔淼兒！

寫字的人開始寫第一個「崔淼兒」的時候，似乎非常迷惑，而且不確定，字跡有大量的猶豫痕跡。可是後邊越寫越順，似乎想要證明某些東西。

究竟要有多大的羈絆，才會讓一個人將另外一個人的名字，滿滿地寫完一本本子？如果非要猜測的話，也只能牽強而且虛澀無力的形容，那個人對擁有這個名字的人，不管愛恨，都已經到了極致的程度。

我搖了搖頭。自己所知道的那個崔淼兒，至少也是一千兩百多年以前的人物，她絕對不可能和生存在現代的張克，有任何程度的交集。

那麼，難道這真的只是個巧合？張克真的有了新歡，準備移情別戀了？不過看那個傢伙，實在搞不懂，他到底有什麼理由或者條件，能甩掉趙倩兒那麼優秀的女友！

我繼續往下翻看，剛翻了幾頁，我渾身一顫，什麼也不顧地快速翻下去。臉色也變得驚疑不定，一副匪夷所思的樣子。

夜雨欣見我神色怪異，立刻緊張地走過來，挽住我的胳膊小心地問：「你發現了什麼？」

我強壓下內心的震驚，看了夜雨欣一眼，又望向趙倩兒，沉聲道：「我不知道妳家張克是不是出軌了，不過這本子，絕對不是他出軌的證據。」

趙倩兒有些意外，「這話是什麼意思？」

「妳仔細看。」我指著速寫本第一頁第一個名字，問：「這個是張克的字嗎？」

「絕對是，雖然筆跡有點奇怪。不過他那種彎曲得像蚯蚓爬的字跡很特別，而且實在很醜，很容易分辨。」趙倩兒輕皺起眉頭，似乎很不願意看見這個名字。

我點點頭，整理了一下思路，才說道：「張克在寫第一個『崔淼兒』的時候，筆跡上有許多明顯的猶豫徵兆，像是不確定自己的腦海中，是不是有過這個人的名字。」

「小夜哥哥，什麼是猶豫徵兆？」夜雨欣毫不客氣地打斷了我，興致高昂地問。

我瞪了她一眼，還是解釋了，「這是筆跡心理學的觀點，每個人寫出的字，都是獨一無二的，就像指紋一樣。而通過分析寫字人的筆跡，能夠看出這個人寫這些字時的人際關係、心理狀態，以及性格特徵等。

「特別是筆壓，也就是所謂的用筆力度方面，往往最能反映出書寫者當時的狀態。」

我笑了笑：「如果寫字人筆壓重，表述心理能量高，從書寫者身上體現出來，便是思維敏捷，自信和果斷。但是如果特別用力，也就是說心理能量很高，卻缺乏暢通的疏通管道，心理能量得不到正常的宣洩，則會形成負面的特徵，如攻擊性，脾氣暴躁。

「你們只需要知道，如果人的內心能量，能得到正常的宣洩，那麼表現出來的，多是正面的特徵，如果得不到正常的宣洩，負面特徵的表達，多半有筆跡線條中的顫抖。」

我指了指張克寫的第一個「崔淼兒」，說道：「你們看看，張克這傢伙寫得十分沒力氣、線條有多處顫抖，而且拖拖拉拉的，證明他在寫的時候，很猶豫不決、畏縮、害怕，似乎覺得，不能確定自己大腦中的某些東西。」

趙倩兒渾身一顫，疑惑地問：「你是說，阿克根本就不認識那個叫崔淼兒的女人？

「不可能！不認識的人，怎麼可能發神經寫滿一個本子，就算他再白癡，也不會幹這種白癡過頭的事。而且前段時間，我明明有聽到他醒過來後，大聲地叫那個女人的名字！」

「究竟是為什麼，我也感到很迷惑。不過，後邊還有更驚人的東西。」望著手中這個速寫本，我苦澀地笑了起來：「先不要去管張克那傢伙寫字時，是什麼心態，最重要的是，他寫的字在後面變了很多。」

我輕輕地將速寫本向後翻去，沒過多久，只聽夜雨欣驚訝得叫出了聲音。她用力地捂住自己的嘴，滿臉驚駭，眼神不自然地向我望過來。趙倩兒似乎也發現了問題所在，吃驚地退了一步，跌坐到沙發上。

只見速寫本上的「崔淼兒」三個字，被張克越寫越草，從簡體慢慢地演變，最後變成了繁體篆體，難看得就像蚯蚓爬過的字，也漸漸變得清秀，帶有一種超凡脫俗的感覺。

趙倩兒死死地盯著速寫本最後一頁，過了許久，才渾身顫抖地問：「這絕對不是阿克的筆跡，究竟是誰的？」

夜雨欣一直用一種不確定的眼神看著我，全身都在打顫，似乎十分惶恐。我用力地摟住她纖細柔軟的腰肢，衝著她點點頭。她頓時像是觸電了一般，怕得將頭也埋進了我懷裡。

我臉上苦澀的表情更濃重了：「張克最後的筆跡，和一個人的非常相似，我和夜雨欣不久前才見過。」說完，掏出了一張紙遞給她。

趙倩兒只感覺，自己的手在莫名其妙地發抖，她看了一眼紙上的字，似乎是在什麼畫上臨摹下來的，是一首詩。

標題「崔淼兒」那三個字，和張克寫的最後一個「崔淼兒」，一模一樣。

「這應該是出自一個人的手才對。」趙倩兒抬頭一眨不眨地望著我：「雖然我不懂什麼筆跡學，不過還是能分辨得出來。寫這首詩的人，現在在哪？他和阿克有什麼關係？」

我撓了撓鼻子，強自鎮定地說出了一個令人十分震驚的答案：「他和張克有什麼關係，我實在也很想知道，寫這手字的人，已經死了一千兩百多年了！」

「你說什麼！」趙倩兒完全沒有了一絲淑女形象，她猛地站起來，一個勁兒地搖頭，「不可能！怎麼可能！我不信！」

夜雨欣將頭從我的懷裡探了出來，臉上的笑容比黃連還苦：「倩兒姐姐，其實這個事實，就連我也不敢相信，但是我又不得不信。妳剛剛看過的那張紙上的字，全是我從茶聖陸羽的棺材裡臨摹下來的，那些字，恐怕就是死了一千多年的陸羽寫的。」

趙倩兒渾身又是一顫，依然滿臉的難以置信，喃喃道：「我的阿克，他和那個陸羽，那個死了幾千年的殭屍，有什麼關係？」

「我也很想知道。」我見她精神恍惚，不忍心再刺激她。便朝夜雨欣打了個眼色，示意她在房間裡到處找找，看看有什麼奇怪的東西。

根據現在掌握的線索初步估計，張克口中以及手上寫的那個「崔淼兒」，和陸羽那個臨死都念念不忘的「崔淼兒」，恐怕是同一個人。

只是，兩個相隔了一千兩百多年時間的人，究竟為什麼會有所關聯呢？

他們倆，除了都提到了「崔淼兒」這個人物外，到底還有什麼相同的地方？

我在房間裡四處走動，視線不斷掃向任何有可能是疑點的地方，不過許久都沒有收穫。

突然視線飄移過對面的窗戶時，一股莫名其妙的惡寒，從心底爬了上來。我不由自主地打了個冷顫，視線牢牢地凝固在了窗戶上。

只見窗玻璃的下方，有兩塊黑色的斑痕，像是手掌。在黑夜裡，它似乎在融化，像是凝固的冰塊遇到很強的熱度，分解出一滴又一滴的水，向下流去。

將頭湊近窗戶，即使在屋內，似乎也能聞到一股惡臭，像是屍體腐爛的味道。

我皺著眉頭，正準備把窗戶打開仔細地看一下，就聽見夜雨欣在背後緊張地叫我的名字。

「發現什麼了？」我急忙走過去，卻看到她指著桌子上的一個杯子，渾身顫抖，像是看到了什麼十分恐怖的東西。

我順著她的視線望過去，只見那只是個非常普通的陶瓷茶杯，裡邊似乎還是裝滿新茶。

茶水呈現翠綠色，被人喝過幾口。水質很清朗，似乎才泡好的樣子。

我看不出有什麼值得夜雨欣大驚小怪的地方，便轉頭問趙倩兒：「妳剛剛喝過茶嗎？」

「什麼茶？」趙倩兒還在發愣，她疑惑地抬頭看我，道：「自從阿克變成那樣後，我還是第一次來他房間，水都沒有喝過一口。」

我這才感覺有點奇怪，「怪了，怎麼這茶，像是才泡了一會兒的樣子？」

夜雨欣好不容易才回過神，吃力地尋到我的手，死死地抓住，才像安心了不少的樣子，說道：「小夜哥哥，你仔細地看裡邊的茶葉！」

我又望了她一眼，看她緊張的樣子，只好將手伸到茶杯裡，掏了幾片茶葉出來，打量著。只見手中的茶葉，雖然因為泡水而脹大了不少，有點臃腫的感覺，不過，還是一副青翠欲滴的樣子。

隱約看得出葉片呈現菱形，我湊近鼻子附近，還能聞到一股十分清涼的香味，令人心曠神怡，總覺得，這個茶葉有些似曾相識。

突然我渾身一震，想起了這茶葉的來歷。不由自主地望著夜雨欣，這次換她確定地向我點頭。上帝，這些茶葉怎麼可能出現在這裡，而且還被某個白癡，當普通的茶泡來喝了！

趙倩兒見我們神情古怪的樣子，問道：「又發現什麼了？」

「我們恐怕找到了張克和陸羽兩人之間的關聯了。」我的笑，實在有點疲倦不堪。

「什麼關聯？」

「是這個茶葉。」我將手中的茶葉，湊到了趙倩兒的眼皮底下，她看了看，實在看不出有什麼名堂，便迷惑地望著我。

我解釋道：「這個茶葉，只有在一個地方能找到。」我深深地吸了一口氣，「就是在陸羽的棺材裡。」

趙倩兒頓時惶恐地瞪大了眼睛，一個小時內，聽到了許多匪夷所思的事情，正常人早就大腦混亂地暈過去了，可是她還是堅強地站著，只是望著我。

果然這個世界上，還是女性比較容易接受新鮮或者怪異的事物，令人佩服。

「倩兒姐姐，妳怎麼了？」夜雨欣大叫了一聲，只見在我感嘆她的神經強韌的時候，她已經完全呈現石化狀態，無力地向後倒去，夜雨欣手忙腳亂地扶住了她。

我稍微整理了一下混亂的頭腦，望著趙倩兒說道：「雖然不知道這個茶葉，為什麼會跑到這裡來，被張克糊塗地當成普通的茶泡來喝掉。但是我猜測，或許張克那傢伙現在會變成植物人，很多跡象都表明，有可能是喝了這個茶水的緣故。」

趙倩兒也不傻，她眼睛一亮，用力地抓住我的手，就像抓住了救命的稻草一般，緊張地問：「你的意思是說，只要找出這個茶葉裡邊有什麼古怪，就能治好他的病？」

自顧自地說完，她激動得眼淚流了下來。搶過那個茶杯，像寶貝般地抱在懷裡，喃喃道：「我，我明天就拿茶葉去化驗，總會有辦法的。阿克，你等等，我馬上就來救你了。」

見她滿臉的希冀，我也忍住沒有去潑冷水，畢竟這幾天的折磨，已經讓她憔悴得不成人樣，哪裡還有一點成熟女人自信美麗的樣子。有希望，哪怕是只有那麼一點點，也好吧！

只是內心的疑團更多了。

是誰將茶葉給了張克？應該不是他自己拿走的，就算再笨再沒神經的人，也不敢將棺材裡的東西隨便拿去泡茶喝。

更何況，他根本就不知道有這些茶葉的存在。存放陸羽的那個房間，並不是每個人都能去的。

不安的感覺在慢慢地擴大，似乎有什麼一直在蠢蠢欲動的東西，開始要破繭而出了……

第六章 預兆

記得有人說過，身體如同情人，本不應該對其太好的，太好了就容易出問題。其實不同的死法，屍體都會呈現出不同的特點。

今天一大早就很倒楣，出門便看到了屍體。因為趕不回去，我和夜雨欣就在張克的房間裡湊合了一晚上，出門去吃早餐的時候，卻發現附近的公園前，圍滿了一堆的人。

一問之下才知道，原來是有個男人死在了公園裡，死相很怪異。

我立刻好奇起來，望了夜雨欣一眼，拉著她就向裡邊擠。氣喘吁吁地，好不容易才擠到最前邊，卻失望地發現，警方已經拉起了警戒線，將周圍都封鎖了。

不甘心地向裡邊看了一眼，我正準備走開，就聽到夜雨欣驚訝地叫著：「那不是老爸嗎？他怎麼在裡邊？」

我定睛一看，只見一個穿著黑色襯衣的中年人，正在幾個法醫周圍指指點點，像在交流什麼。

發福的身體，稀疏的頭髮，不是來了好幾天也沒見到的瘋子叔叔，是誰！

頓時，我天真無邪地開心笑了起來，直笑得身旁的夜雨欣打了個冷顫。

「瘋子叔叔。」完全不管身旁的她緊張的神情，我大聲地喊道。

夜郝渾身一顫，緩緩地轉過頭來，臉上的笑容十分僵硬，「原來是小夜啊，什麼時候來的？」

「來好幾天了。」我用手指了指前邊的警戒線，暗示道：「在這裡說話實在不方便，你能不能過來一點。」

夜家哪有笨蛋，更何況是夜郝這個老精怪，他思忖了一下，便明白了我的意思，和身旁幾個人咕噥了一陣子，然後，讓人放我們進到了裡邊。

見夜雨欣可憐兮兮地躲在我身後，夜郝氣得哼了一聲，「妳這個不肖女，是不是想嚇死妳媽才好？一聲不響地從家裡跑出來，急得我們差點報警。」

「我也是好奇嘛，誰叫我也姓夜。你看小夜哥哥，隨便跑哪裡都沒人管，他也沒比我大多少啊！」夜雨欣不服氣地從我背後探出頭，衝著自己的老爸做了個鬼臉。

「那傢伙是怪胎。」夜郝氣惱地大喊一聲，突然發覺我的視線隱隱有些熾熱，頓時聲音低了下來，討好地說道：「人家小夜是妳能比的嗎？他的智商高，閱歷廣，隨機應變能力強，能照顧好自己。妳呢？要死不死的，什麼都想嘗試一下，到時候被別人賣了，可能都還傻乎乎地替人數錢！」

「我哪有那麼笨！」夜雨欣不服氣地反駁道。

就在他們鬥嘴的時候，我的視線開始聚焦在不遠處的那具屍體上。

這是個很年輕的男性，看起來大約二十歲，原本充滿了活力的軀體上，早已了無生機，仔細地看了看，我這才明白，為什麼有人會說他死得怪異。

一般來說，死後屍體會因為死亡的原因，而造成肌肉呈現或鬆弛，或僵硬，甚至痙攣，或者徹底鬆弛的現象。而其他的因素，還會造成皮膚皮革樣化、角膜混濁，死亡初期處於底下的部位，會出現屍斑、屍冷，自我消化等等現象。

而這具屍體的狀態，是最糟糕的。他的唾液、鼻涕、眼淚、大小便、精液都外溢了，骯髒的排泄物，滲透了全身的衣物，混合起來的臭味，實在很難聞。

不過最怪異的，還要數屍體臨死前的表情，滿臉興奮幸福的樣子，閉著眼睛，像是在享受著世間最美好的東西。

我捂住鼻子，皺眉道：「果然死得有夠怪異的。而且這種死法，除非是全身所有的括約肌完全鬆弛了，才有可能。他有吸食大量的毒品嗎？」

旁邊的法醫驚疑地看了我一眼，似乎在奇怪我怎麼可能知道這麼專業的醫學知識。夜郝教授頓時得意起來，也忘了和夜雨欣的吵鬧，「我侄子可是很厲害的，說不定他能幫你什麼忙。」

法醫不置可否地又看了我一眼，開始忙著將四周的東西收集起來。

我依然打量著周圍，夜雨欣輕輕地拉了我一下，問道：「你覺得他是怎麼死的？」

「不知道。」我搖了搖頭：「有可能是吸食了大量毒品或者迷幻藥，導致心臟沒辦法負荷，或者全身括約肌鬆弛猝死，也可能是因為外力，猛地癱瘓了大腦。」

說話間，我指著不遠處的長椅，又道：「那張椅子上還留有些許排泄物，看來這人應該是坐著死掉的。不過還真的很少聽聞，有誰死掉的時候，全身括約肌出現鬆弛的狀況，實在太奇怪了。」

「還有更奇怪的。」瘋子叔叔走過來，在我耳邊神秘地說：「根據初步鑒定，那個男子體內，沒有任何毒品或者迷幻劑的成分，只是體內嚴重出血，新近的外傷，也只有一處。」說完，他指了指自己的脖子。

我頓時又將視線凝固在了屍體上，果然，那男子裸露的脖子上，似乎被什麼堅硬的東西，刺出了兩個血洞，直徑大概有四公分左右。

看這個情況，似乎令人想起了一個十分熟悉，但卻絕對只會出現在人類的幻想，或者小說中的生物。

「吸血鬼！」夜雨欣首先叫出聲來，她害怕得緊緊挽住我的胳膊，渾身都在發抖。

我就奇怪了，為什麼女孩子總是這樣，還沒有任何證據可以表明有危險存在時，她們已經自己把自己嚇得半死了。

我看了夜郝一眼問道：「瘋子叔叔，你怎麼會和這些法醫在一起？你不是植物學教授嗎？」

夜郝毫不隱瞞地說：「我和這裡的警界有點交情。他們最近遇到了一件無法解釋的事情，恰好跟某種花木有關，我剛好又在這裡，就聯絡我了。」

「這些屍體，和花木有什麼關係？」我疑惑地問。

夜郝小心地看了看四周，這才輕聲道：「我以下說的都是機密，你不要傳出去。

「最近一個禮拜，像眼前這個男人的屍體，警方一共找到了五具。而且每一具，都發生了非常怪異的現象。」

他的話引起了我很大的興趣，「什麼現象？」

「這些屍體隔了一天後，會從體內長出了一種不知名的植物。

「就算現在，我也沒有在相關文獻裡，查到這種植物的名字。所以，今天一聽說有相同的屍體，我就立刻趕來了，希望在解剖時有什麼發現。」

我頓時驚駭地道：「難道這些屍體，都沒有存放在冰櫃裡？」

「當然是放了。」

「那怎麼可能還長得出植物？冰櫃裡的溫度，可是在零下二十攝氏左右，什麼植物可以在那麼寒冷的環境裡生長？」

夜郝苦笑了一聲，「在零下二十度能存活和生長的植物，還是有的，可是我從來沒有見過，有植物可以在那種溫度下，一夜之間開枝散葉，長得那麼茂密的。」

我微微思忖了一下，又問：「你是說這些屍體，都是一個禮拜前發現的？」

「沒錯。」夜郝點頭。

奇怪，自從陸羽的屍體莫名其妙地消失後，這一個禮拜來，古怪的事就一直發生。

究竟到最後還會發生什麼？突然想起了「崔淼兒」這個名字，對了，自己還沒有查出她和陸羽之間的關係。為什麼沒有任何記載，有過她的存在？她很沒有名氣嗎？

不可能，如果她真的和陸羽有過一段情，那麼不論怎樣，都會有人為她在歷史上記下一筆。還有，「午夜哲理」的那個主持人，到底是怎麼知道崔淼兒這個人物的？

看來問題的關鍵，應該在那個男主持人身上。

□

趙倩兒起了床，看看鐘，才九點一刻，市立檢驗所九點半開門。

她飛快地洗漱完畢，早飯也顧不得吃，化了淡妝，心急如焚地驅車趕往市中心。

將化驗手續辦完，她長長地吁了口氣。

結果要三天後才拿得到，阿克能不能醒來，或許就全看三天以後了。

視線再次凝固在車裡的那個陶瓷茶杯上，她突然覺得很害怕，如果什麼都查不出來的話，那麼阿克……阿克他會不會永遠躺在床上，永遠都不會醒來？

稍微有點放下的心臟，又被緊緊地提了起來。還是去上班好了，畢竟自己要生活，還有阿克的住院費，都是一筆不小的開銷。

剛來到公司的大門口，她又猶豫了，嘆口氣，驅車回到張克的公寓。不知為何，心裡總是有種懸吊吊的感覺，似乎有什麼不好的事情會發生的樣子。

不安地在房間裡走來走去，浪費了一個多小時的時間。最後她才安靜下來，坐下，喝杯水，打開了電腦。已經有十多天沒檢查過電子信箱了，看看有什麼電子郵件。

突然她發現了一封新郵件，是張克在五天以前寫給自己的。

五天前，也就是阿克陷入昏迷的前一天，究竟他為什麼要躲開自己寫這封信呢？趙倩兒遲疑地把信點開，剛看了一眼，就皺起了眉頭。

□

倩兒：

親愛的，還記得我寫過的一篇短文嗎？寫的是我的初戀。我給妳看過，妳忘了，對吧？沒想到我們已經結婚了，想起來，都不知道是什麼感覺。

如果沒有意外，妳看到這封信的時候，我已經變成了一個長不出植物的植物人了（笑）。我還是想要把今天才找出來的短文分享給妳，是初中時寫的，真的感覺自己文筆超好。

妳看過後，記得也拿給夜不語那傢伙看看，雖然才見過他幾面，但我也想分享給他。

摘錄如下：

一日看到朋友寫的雜記，上邊開篇就提到了白蓮，我的心不禁一顫。是的，十年前，當我第一次來那所我就讀了六年的校園時，看到的正是這種平躺在水中的白蓮，隨波起伏的白蓮……

他漫無目的地在這個據說是一流中學的地方走著，不時冷冷地對認識的人點點頭。以前的同學一群群地走過，看著追罵打笑的他們，他不屑地將眼神射向兩旁。

路旁是兩排梧桐樹，也許是聽到了夏的召喚，繁茂的枝葉，將路上的天空蓋盡，形成了一道綠色的長廊。

他依然壓低著頭，慢慢地向前走著。也許是因為內心的冷傲，才造就了一個少有朋友的他吧……

他不明白，如果說互相地打鬧，就是朋友的聯繫的話，那麼這個詞就離他太遠了。

長廊還沒到盡頭，他竟已看到了一個池塘。由於陽光的照射，裡邊泛出點點紅光。

他知道那是睡蓮，便輕輕地走了過去……燦爛的陽光蘊含著夏日的酷熱，直射到他身上，他全然不知，只是用目光掃視著一簇簇富含溫意的紅蓮。

猛然間，他看到了一點白色，視覺告訴他，那是白蓮。

是了！潔白無瑕的軀體，躺在碧波蕩漾的池水裡，與身旁擁著的紅蓮，產生了一種渾然一體的感覺。他呆呆地站著，思維卻慢慢地飄向了遠方……

他並不喜歡這個地方，特別是要住校。為此他與父母吵了一架，但最終還是來報名了。說真的，當時他真的很想逃，走得遠遠的，再也不會來。

但他知道這只是賭氣，也不可能做到，其實盼了很久，總算盼到畢業了，但當面對一個新的環境時，他卻表現出了猶豫與恐懼，他不知道新環境所帶來的結果……

有幾個人走了過去，並向他投來了鄙夷的眼神。他這才發現，自己的表情不符大雅，便又走了幾步，但眼神卻始終沒有離開過那朵白蓮。

恍惚間，他想起了同桌的女孩，不知她分發到了哪裡？不知她是否還安好。不覺又想起了每天和她打鬧的情形。

他笑了笑，被她抓傷的手，似乎還隱隱有些痛，是心理作用吧！

白色！他默默地念著，似乎與誰有過聯繫。對了，是她！王雪！她最愛穿一身白色，那與她那張清秀的臉倒也相配。想起昔日的朋友，他又笑了。

「她是我的朋友，她真是我的朋友！」他默默地念著，不覺又低下了頭。她已經離開了這裡，她媽媽說，她們要去一個很遠的地方，再也不願回來。

他又回想起王雪離開時，那張含淚的臉……

她用那對漂亮的大眼睛望著他，任憑淚水滴下，直到走進了機場的入口……

他這才發現，自己又愣住了，便輕輕地搖搖頭，想將煩惱丟掉。以後的生活將會怎麼樣呢？他不知道，也不太想知道。

順手摸出一個硬幣，將它彈入水中，它立時引起了一圈圈的波紋。白蓮立在水波之上，就似隨波蕩漾著一般，更顯出它的秀美。「出淤泥而不染，濯清漣而不妖……」他半懂不懂，錯處百出地念了一句，隨即笑了。

不管以後的生活如何，生活還是要繼續下去。不是嗎？！

轉眼三年過去了。他又畢了業，再一次面對這個問題時，順步來到了池塘邊。

依然幽靜的白蓮，卻早已不是從前的那一朵了。

而他，也成熟了很多。至少對待面前這些問題時，再也不會有疑惑與恐懼了。

環境可以改變一個人的性格。這是真理！他變了，變了很多，不再像從前那樣地脆弱。

小學的同學，他已經淡忘了，但對兒時的朋友依然思念著。不知她過得怎樣？生活還好嗎？其實，他早已知道她去了美國，也許早已忘了他。

他的朋友很多，但真正的知心好友又有幾個呢？

隨著朋友們的遠去，他想念的人也越來越多，但最後他卻放棄了，把思念丟入了蓋滿塵灰的日記本裡。既然已經遠離，又何必苦苦地回憶，何必……

生活還是要繼續下去的，為了更好的生活，就應該更加地努力！完了。倩兒，記住這句話，「生活還是要繼續下去的，為了更好的生活，就應該更加地努力！」不要忘了。

不論以後的人生裡，是不是還有我的存在，我都要妳好好地活下去，快樂地活下去，我不重要，妳才是最重要的。

記得要把這篇短文給夜不語看看，雖然和他相識不久，也才見過幾次面而已，但是我相信，他能幫助妳。

倩兒，親愛的。抱歉我不能再陪妳了，我真的像個傻瓜。真的……

Your 張克

趙倩兒呆呆地望著這封信，看了幾遍，還是不明白裡邊的意思。

阿克什麼時候，向自己提起過這篇短文了？還有，那傢伙不是常說，自己就是他的初戀嗎？還標榜他是純情男生。哼，難道都是騙人的？

她氣鼓鼓地想著，內心還是感覺很奇怪，為什麼這封信裡提到了夜不語，而且還多次要自己，拿這篇短文給他看？難道，裡邊有些什麼自己看不懂的隱情？

有可能，阿克雖然為人神經大條，而且一副什麼都不在乎的樣子，但不代表他真的笨。

如果他是白癡的話，自己也不會死心塌地的愛他，為他痛苦了。

想到這裡，趙倩兒急忙將整封信都列印，準備打個電話給夜不語。

她突然聽到，門外有一陣粗魯的碰撞聲。透過貓眼看出去，居然發現有兩個身材魁梧的男人，正在撞門。

她十分鎮定地關了電腦，拉開窗戶，一咬牙，深吸一口氣，順著防護欄的邊緣，向著鄰居家的陽台攀爬過去。

不知道為什麼，女人的直覺告訴她，自己絕對不能讓那兩個男人抓住。

風很大，十八樓的高度，足以將一個普通人嚇得半死。

趙倩兒雙手死死地抓住護欄，心緊張得快要蹦出了胸口。真不知道電視、電影裡描述的那些飛簷走壁的男女俠客們，在第一次赤手空拳爬上四十多公尺的高度時，是什麼感覺？

她自嘲地笑了笑，幸好這裡不是鬧區，來往的人很少，否則看到她這個樣子，不知道會有多少心臟病患者，會被嚇得死翹翹。

左手離鄰居的防護欄越來越近了，很好，快抓住了！

就在趙倩兒翻上鄰居陽台的那一剎那，兩個壯漢也撞開房門，走進了房間裡。

第七章 古書

有人常常抱怨說：「人應該有更好的方式開始新的一天，而不是千篇一律地在每個上午都醒來。」

也有某些賴床的人，也常常神情嚴肅地道：「現在的夢想，決定著你的將來，還是再睡一會吧！」

楊俊飛覺得，現在的自己很不爽，就像一顆炸彈，隨時都會爆炸。

他今天不但千篇一律地起了個大早，而且還很沒夢想地盯著夜不語那小子，尾隨著他從鬧區一直走，來到了這個雜亂不堪、骯髒、混亂的街道上。

更倒楣的是，現在他居然將人跟丟了，這種事在他出道當偵探後，還從來沒有發生過。

楊俊飛惱怒地將手裡的漢堡扔到地上，狠狠地踩了幾腳。靠！那小子到底是什麼角色，居然能從自己的手心裡，不動聲色地跑掉。

他皺著眉頭，突然眼前一亮。

一個年輕女人，出現在自己的視線裡，很美的東方女性，神色帶著一絲焦躁，徘徊在一家店的門口，不知道在等誰。

楊俊飛乍然發現她，腦袋一時沒有辦法轉過彎。

這不是那個冒充自己未婚妻，跑到格陵蘭的冰原上把他拉回來，而且自稱是那個王八蛋陸平的助手紫雪嗎？一直以來，她的鬼話，自己壓根一句也沒相信過。

只是，昨天這女人還在加拿大新進度，今天怎麼就到了這裡？

從商店裡走出了一個男人，也很年輕，大約只有二十六、七歲，面貌清秀，只是眼睛裡，透露著一種讓人說不出的滄桑感。

他和紫雪說了幾句話，然後兩個人就一起走了。

有古怪！楊俊飛直覺地認為，那個男人肯定和陸平被綁架，有間接甚至直接的關係，還有，張冰影每次提到紫雪，語氣都支支吾吾的，像是在害怕什麼。

恐怕這兩個人，都和那個綁架陸平的勢力有關係。

怎麼辦才好呢？是繼續找夜不語那傢伙，拿回戒指，順便給他一點教訓？還是跟著這兩人，看看有什麼線索？

抽出一枝煙，最後又無奈地放下，只是含到嘴裡，沒點燃。

楊俊飛左右看了看，順著那兩個人消失的地方，不露痕跡地跟了上去。

□

我在一家小店裡，看跟蹤的那傢伙走掉了，這才呼出一口氣。

旁邊的夜雨欣不解地問：「你不是早就希望那位中年帥哥來找你了嗎？怎麼現在反而要拚命地甩掉他？」

我瞪了她一眼：「你不明白，跟蹤和交易是兩回事，我比較希望他站在交易的立場，出現在我面前。」

夜雨欣更不解了，嘛著可愛的小嘴說：「你那麼凶幹嘛？我真的搞不懂什麼跟蹤什麼交易的，到底有什麼區別？」

「區別大了。」我哼了一聲：「如果他跟蹤我，也就意味著他是為了某種目的，不願意正大光明地和我接觸。只是潛伏在我身邊，在最有利的時候，像野獸一樣地撲出來，那時候，我們就只有任他宰割了。

「但交易就不同了，那是兩個對等交換方式，各取所需，只有這樣，我才能得到最大的好處。」

「小夜哥哥果然老奸。」夜雨欣偏著腦袋，用力地捏我的鼻子，「就算這點小事上，都要算計過來算計過去，斤斤計較。

「真是搞不懂你們男生！小夜哥哥難道就不能把你的好頭腦，用在對世界有益的地方嗎？這樣思前想後，會長白頭髮的。」

我用力地甩掉她的手，沒再說話。

今天一大早就去見了二伯父夜軒，將昨晚的發現，大概地告訴了他。

二伯父很激動，對於他現在處於停滯狀態的研究，這些發現，無疑是為整個考古隊，注入了一針興奮劑。

同時我也要求，他幫我找出「午夜哲理」那個男主持人的聯絡方式。他動用自己的關係網，很快就查到了。

和那男人通了電話，他聽了我的請求，很爽快地說，自己是在古董街的第二十三號店鋪，看到過一本關於陸羽的記載，很舊，也沒有書名。

本來他很想買下來的，但是老闆把它當寶貝一樣，死也不肯轉讓。

說完後，他很有興趣地打聽了考古隊的一些近況，我當然是非常不耿直地敷衍過去。

一邊敷衍，一邊心裡少有地泛起一種罪惡感。畢竟人家可是知無不答，敷衍到後邊，夜雨欣也聽不下去了，直罵我小氣。

所謂古董街，幾乎每個比較有歷史的城市都有，無非是賣一點看起來古董味比較重的小飾品、書、陶瓷、古代兵器什麼的，大多有那個城市的地方特點。

只是，通常這些街道上賣的古董，沒有多少真貨。

我拉著夜雨欣，很快地到了二十三號店鋪前。

這是一家很小的鋪子，裡邊大概只有二十多平方公尺。房子並沒有裝修，看起來已經頗有段歷史了，屋簷低得幾乎碰到了我的頭頂。

走進去卻沒有看到一個人，店裡六個書架，密密麻麻地擺滿了書籍。書籍看起來都很老舊，也沒有明顯的分類。

「有人在嗎？」我大喊了一聲。

「我不是人嗎？」一個蒼老陰沉的聲音，突然從我身後冒了出來，嚇得身旁的夜雨欣腳一軟，險些出糗坐到地上。

我也被嚇了個心驚肉跳，轉過頭，我努力地擠出和善的笑容，道：「老人家，我想買一本書。」

老頭哼了一聲，「到這裡來的人都是買書的，難道，還有人愛看我這老頭子嗎？」

這老傢伙的性格還真古怪，看來是一個人獨居慣了，性格也變得孤僻了。

我還是笑著，「老人家，這本書比較特別一點，它上邊有記載陸羽的事情。」

「那邊那櫃子上，全都是有關陸羽的書。隨便挑一本，錢想給多少，就放在架子上成了。」老頭病懨懨地頭也不抬，準備走進裡間。

我急忙又道：「我要買的，是記載了陸羽和一個叫崔淼兒的女孩的古書，不知道那個架子上有沒有。」

老頭的腳步唐突地停住了，他猛地轉過頭，渾濁的眼睛一眨不眨地望著我，像是想用自己有氣無力的視線，將我刺穿一樣。

我心平氣和地和他對視，雖然有點莫名其妙，不過是買一本書罷了，用得著這麼大驚小怪嗎？

慢慢地，我的身體在那老頭的視線裡僵硬起來，全身上下，哪怕一根手指，都再也無法動彈。

老頭的眸子像是太陽一般，一道道看不見的光線，透過污濁不堪的雙眼，頓時變得犀利，就像無數把刀劍從我的身體上洞穿，然後逝去。

我的心被瘋狂地震撼著，好可怕的眼神，他還是人嗎？

過了許久，那老頭才收回視線，慢悠悠地道：「這裡沒有那種書。」

「我不信。」我似乎在生死邊緣遊蕩了一回，冷汗流了一身。好不容易才平靜下來，卻發現自己腿腳肌肉軟軟的，用不上力氣。身體也在微微地發抖著。自己，居然在害怕！

老頭長長嘆了口氣：「你為什麼要買那本書？」

「有原因。」我將這三個字拖得很長，像在孩子氣地報復。

那老頭莫名其妙地笑了起來，彷彿遇到了很有趣的事情。他再次一眨不眨地看著我，只是，這次少了剛才那種壓迫感：「你要書也行，不過，得回答我一個問題。」

「行。」我自信地答應了。想我夜不語聰明絕頂，怎麼可能有答不出來的。

「聽過一首詩沒有。」老頭乾笑了幾聲，「菩提本無樹，明鏡亦非台。本來無一物，何處惹塵埃。」

我點頭，這首著名的詩，是人都知道。老頭問：「那你知不知道，這首詩沒有改過前，是怎樣的？」

雖然有點難度，但也難不倒我。我張口便答道：「身是菩提樹，心如明鏡台。時時勤拂拭，勿使惹塵埃。老頭，是不是這樣？」

我的臉上頗有些得意，心裡暗恨他剛才嚇得我要死，連老人家這個尊稱也免了。

身旁的夜雨欣，好死不死地用力拉我袖子，「你們在打什麼啞謎？我怎麼都聽不懂。」

看著那老頭露出不爽的神色，心裡頓時高興，也不在乎夜雨欣的打擾，我解釋道：「這是個有關道和詩的故事，六祖慧能妳知道吧？不知道？沒關係，我告訴妳。

「他是中國歷史上了不起的高僧，有名的文盲，雖然不識字，但是詩卻寫得非常好。他自幼出身貧寒，以打柴為生。後來聽人誦《金剛經》有所體悟，便從廣州步行到湖北，投到黃梅五祖弘忍門下學佛。

「他的師父五祖年紀大了，要把他的衣缽傳給接班人，但是究竟應該傳給誰呢？黃梅五祖讓所有的弟子都寫一首偈，看誰對道的感悟最高。大弟子神秀很有心得，就寫了我剛才念過的偈：身是菩提樹，心如明鏡台。時時勤拂拭，勿使惹塵埃。

「菩提樹是釋迦牟尼悟道的地方，『身是菩提樹』，意思是我們的身體，就像菩提樹一樣地堅定強壯。『心如明鏡台』，就是說我們的心，要像明鏡一般地反映萬物。為此時時勤拂拭，不要讓我們的心靈有所污垢，勿使其惹上了世間的灰塵。

「但六祖慧能認為他的師兄，並沒有真正悟道，所以他為了表明自己的見地，將師兄神秀的偈稍改動成：菩提本無樹，明鏡亦非台。本來無一物，何處惹塵埃。五祖一聽慧能的這首偈，便知道六祖對道的體悟要高於神秀，所以將自己的衣缽傳給了他，但是又怕別人害六祖，就讓慧能趕快南行。

「六祖走了好幾天，五祖才向弟子宣佈慧能為自己的傳人。神秀沒出聲，但其他的弟子不幹，將軍出身的慧明，提著刀就去追殺慧能。慧明追上慧能後，並沒有殺慧能，當然也殺不了慧能，慧能傳了些道給慧明，慧明有所感悟，就返回修道去了。

「慧能飄蕩在獵人堆裡隱居修道，十五年後，他才出山，到廣州法性寺，正好印宗法師在講課。這時風吹旗動，一位僧人說是旗動，另一位說是風動，六祖慧能過去跟這兩位僧人說，既不是風動，也不是旗動，是仁者心動……」

講到這裡，我猛地渾身一顫，滿臉驚駭地望向那個老頭：「那本書裡是不是有，會讓得到它的人喪命的東西？」

老頭滿意地點點頭，道：「小夥子，悟性不錯。那本書不是你能承受得了的。就算會沒命，你也想要嗎？」

我沉吟了一會兒，才毅然道：「相對於命，我更好奇真相。如果什麼都怕東怕西的，我就不是我了。何況，我又不是那種短命的角色，有算命的說我能活到一百六十歲呢。」

見我那麼固執，老頭也不再說什麼，他默默地走進裡屋，拿了一個用油布包裹得方方正正的東西，遞給我。

不知道是不是錯覺，就在那一剎那，他像是用光了這輩子所有的精力，額頭上像沙皮狗一般的抬頭紋，密密麻麻地堆積著，顯得更加地蒼老了。

「小心一點。」臨走時，老頭小聲地在我耳旁說了這句話，但沒想到，這居然是這個只見了一面的神秘老人的最後一句話。

那天晚上，老頭的這家古董書店，突然燃起了古怪的大火，將房子和裡邊的家具以及人等等，全都燒了個精光，屍骨無存……

□

回到二伯父的研究所，一進那個放著陸羽棺材的地下研究室，就看到二伯父和瘋子叔叔，兩人面紅耳赤地爭論著。

兩人見到我，立刻停住吵嚷，異口同聲地問道：「那本書找到了沒有？」

「當然。」我做了個ＯＫ的手勢，得意道：「你們侄子我出馬，還有什麼搞不定的。」

旁邊的夜雨欣立刻捂住肚子，做出一副「受不了你」的表情。

夜軒迫不及待地衝著我撲來，將那本書深情地撫摸了好幾次，這才解開油布。

這本書不厚，紙片泛黃，但上邊的字跡，卻一點也沒有模糊的狀況出現，看得出保養得非常好。

第一頁並沒有字，翻到第二頁的時候，所有人都倒吸了一口涼氣。

我們四人震驚地對視，而二伯父拿書的手，更是微微地發抖著。

第二頁的正中心，只有兩個字——茶經。

「不可能，這本《茶經》不可能是真的。陸羽親筆所寫的茶經，早就被毀掉了，現在民間收藏的，大多是一五四二年吳旦刻的《茶經》，明代嘉靖壬寅竟陵本。」二伯父首先叫出聲來。

我微一沉吟，喊道：「雨欣，妳昨天臨摹的那張紙呢？」

原本還在呆滯狀態的夜雨欣聞言，條件反射地將那張紙遞給我。

我一言不發地從夜軒的手裡拿過古書，將兩者上邊的字體，小心翼翼地對照起來。

過了許久，我才揚起頭，喘氣道：「上邊的字和在棺材裡臨摹的字，是出自一個人的手，恐怕，這本書是真的！」

二伯父還是一臉難以置信的樣子，他搶過書，細心地翻查起來。我很不爽地正想諷刺他幾句，突然，口袋裡的手機響了。

是趙倩兒，她的語氣非常急迫，一定要馬上見到我，說是想要我看什麼東西。我皺了皺眉頭，便和她約好在研究所大門見面。

和明顯地有點心不在焉，眼睛死死地盯著二伯父手裡那本書的瘋子叔叔，聊了幾句，我暗自笑道，也難怪，有史料記載，原本的《茶經》裡邊，陸羽不但收錄了茶經的完整版本，還詳細地記載了各種茶的種類和分佈。

雖然說，現代茶種更加地繁多，但幾乎都是人工培育出來的，失去了自然性，味道也不見得好。如果比照原本茶經裡的記載，應該能找出幾種現在已經絕種的茶樹才對。

光是這些，就足以讓草木狂的瘋子叔叔更加地瘋狂了，現在資料就在某人的手裡，怎麼讓他不急著想搶來研究一下？

看看錶，和趙倩兒約好的時間差不多到了，我這才起身，往研究所的大門口走去。一出門，就看到她心急如焚地走來走去，樣子十分地慌張惶恐。

「張克又出了什麼事？」能讓這位堅強的女性變得這麼焦急的，應該只有一個人，但是，張克已經變成了植物人，還有什麼事情能比這個更糟糕呢？我疑惑道。

「算是他的事情。」趙倩兒小心地打量著四周，「他留了一封信給我，要我務必也讓你看看。屋子裡邊有相對安全的地方嗎？我害怕有人跟蹤我。」

「去我房間好了。」我遲疑了一下，她到底碰到了什麼事，怎麼一副疑神疑鬼的表情？

趙倩兒的神經繃得緊緊的，她快步地跟著我，在我打開房門後，一閃身，就快速地跑了進去，還真有點女偵探的味道。

和她面對面地坐在沙發上，我沒有說話，只是靜靜地望著她。這個女人，究竟在搞什麼？

過了好一會兒，就在我不耐煩得想要打破沉默的時候，她掏出幾張紙，遞給了我。

「這不是張克那小子寫給妳的情書嗎？給我看幹嘛？」我看了一眼，便十分不解地問。

「我也不知道。」趙倩兒有些沮喪，「但他的信裡，幾次提到要我給你看，而且許多地方寫得很矛盾潦草，很不像他的作風。

「還有，今天一早就有兩個壯漢，撞開門闖進他的公寓裡，我總覺得，他變成植物人這件事情，不太單純。」

我不作聲了。也對，那個張克幹嘛一定要我看這封信，還說要和我分享什麼，我和他又不熟，絕對有古怪！

仔細地將這封信從頭到尾看了幾遍，我的臉色越看越凝重，最後翻出幾張白紙來做記號。大概又過了一個多小時，我猛地抬起頭，臉因為激動而略微有點扭曲。

沒想到，這短短的一篇短文裡，居然隱藏了兩個十分重大的資訊，也真虧他想得出來。

我苦笑地衝著趙倩兒說：「看來你們家張克，並不像表面上那麼粗線條，他的大腦神經雖然不發達，不過的確有點小聰明。只是，他怎麼會知道我一定看得懂？」

「你真的明白裡邊的意思了？」趙倩兒驚訝地問。

「妳不信啊？」我依然笑著，自顧自地在帶來的行李中，翻找出一個手掌大、像是無線電的東西，說道：「恐怕這裡也不安全了，我帶妳去見幾個人，再告訴妳信裡隱藏的內容。」

□

我帶著趙倩兒，搭電梯進入了地下室。

看到那些巨大的螺旋狀不明物體，她也驚訝連連、嘆為觀止。我再次看著這些不知道用途的東西，內心泛起一種不知名的怪異感覺。

這玩意兒，絕對不可能是用來萃取茶葉精華的，具體的使用方法，也沒有人知道。皇甫三星那老頭是個典型的商人，商人絕對不會花錢造出沒用的東西當擺設。況且明眼人一看就知道，這玩意兒每一個都價值不菲，真是越來越搞不懂那神秘的老人家了。

走進研究室，二伯父和瘋子叔叔一看到趙倩兒，就迷惑地望向了我。

「等一下我再解釋。」我拿出剛剛找到的儀器，到處探測。看到我奇怪的行動，幾個人更加地不解了。

夜雨欣忍不住問道：「小夜哥哥，你在幹嘛？」

「找竊聽器。」我頭也不抬地答。

「這裡怎麼可能會有竊聽器這種東西？」她的話還沒說完，就聽見我手裡的儀器，已經發出了「嘟嘟」的急促響聲。

我把竊聽器從一台投影機下邊挖出來，用腳踩爛，才說道：「不要小看了這個東西，這可是警方專用的反竊聽裝置，距離十公尺內的特殊波動，都逃不掉。

「我可是好不容易，才從表哥那裡搞來的。」

沒看到夜郝和夜軒兩人，那已經驚訝得開始石化的臉，也沒有認真地想，為什麼這裡會有竊聽器，雨欣很沒神經地奇道：「你怎麼會隨身帶那種東西？」

「妳哥我常常幹一些偷雞摸狗，見不得人的事情，也常常會亂說一些不能讓人聽到的話，當然是要防患於未然了，不然怎麼死的都不知道。」我用理所當然的口氣答道。

趙倩兒聽了我的回答，幾乎暈了過去，這小子到底是什麼人物啊！

將整間研究室仔細找了一遍，就連陸羽的棺材也沒有漏掉，一共找出了五個竊聽器，我一個接著一個地毀屍滅跡，這才舒服地坐到了椅子上。

總算能安心一點說話了。

夜軒皺了皺眉頭，「小夜，這究竟是怎麼回事？這些竊聽器究竟是誰裝的？」

「還記得陸羽的屍體失蹤的事嗎？」我問道。

他點頭：「我怎麼可能忘得了，都過了那麼久了，居然一點線索也沒有。為了把失竊的消息壓下去，我可是沒少受罪。」

「我覺得屍體的失蹤，至少牽涉到兩個勢力。」我解釋道：「第一個勢力，我們都沒有見過，但是卻不知用什麼方法，把我們迷暈了。而第二個勢力的代表，是我們的老朋友，那個被綁起來的中年老男人。

「但是我居然發現，他今天早晨跟蹤我，為什麼能那麼清楚地掌握我的一舉一動？我懷疑，他一定在我出入過的地方裝了竊聽器，以便掌握更多的資訊。」

我一邊說，一邊不動聲色地提筆寫了四個字「皇甫三星」。其實毀掉竊聽器，只是做個樣子罷了，我才不信那個老傢伙佈置了這麼久，才留下這麼一點竊聽方式。

夜郝和夜軒渾身一震，掩飾不住的驚訝，一副難以置信的樣子。

我確定地點點頭，繼續偷工減料地說出一些需要被偷聽到的東西，「不說這個了，我身旁的這位女士，帶來一個非常令人震撼的資訊。」

「什麼資訊？」夜雨欣頓時來了興趣，趙倩兒也豎起了耳朵仔細聽。

我微笑著將那張 copy 紙遞給了他們。

夜雨欣看了看，就像我剛才一樣，失望地大叫起來，「這不是張克大哥哥寫給倩兒姐姐的情書嗎？小夜哥哥你真壞，連這樣的東西都不放過。」

二伯父和瘋子叔叔沒有說話，他們知道我不會無的放矢，只是靜靜地等待下文。

我吊足了眾人胃口，這才解釋道：「其實這裡邊的短文，隱藏著一段密碼，要用非常特殊的方式才能解讀出來。還好我恰好知道那種方法，不過也花了很多精力，才理解張克那傢伙最後想表達什麼東西。」

沉默了一下，我大聲地道：「其實陸羽的墓下邊，還有一個墳墓，埋葬著這位茶聖最愛的人。」

「什麼？」身旁的四人，明顯地沒有反應過來。

過了許久，夜軒才大聲地道：「張克怎麼可能會知道，歷史上根本就沒有任何史料記載過！」看來，他對張克這種大大咧咧的年輕人，也沒有抱什麼好感。

「崔淼兒這個人物，不是也沒有任何史料記載過嗎？但是並不能抹殺，她曾經存在過，她和陸羽相戀過，而陸羽就算死前的那一刻，也不能忘掉她的事實。

「但是，張克為什麼會知道？而且我為什麼會信？當然是有我自己的根據。」我將張克現在的狀態，和在他公寓找到陸羽棺材裡留下的茶葉的事情，元元本本地講了一遍，再稍微地加上了一點自己的推測。

「或許，喝下那些古怪茶葉泡的水後，張克也和陸羽，有了某些思想上的關聯。」

我一邊說，一邊又在紙上寫了幾個字「茶葉是皇甫三星給張克的」，確定他們都看到了，這才從容地將紙燒掉，把灰捏得粉碎，扔進了垃圾桶裡。

所有人的大腦，再一次地遭到震撼，夜軒腿一軟，激動地跌坐在椅子上。夜郝全身僵硬，嘴裡不停地在念著什麼東西。而趙倩兒早已經淚流滿面，她哭著，肯定是又在為自己的阿克擔心了。

不知過了多久，二伯父猛地跳了起來，向電話撲去。

他大聲地喊道：「劉峰，通知所有人，今晚馬上開工，我要向陸羽墓地下更深的地方挖。

「什麼？資金設備不足？滾他媽的，打電話給皇甫三星，那老傢伙一定會贊助。我今晚就要看到你們全部到場！」

他剛放下電話，我的手機就響了起來，接通，居然是那個被我綁過的中年老男人。

他的聲音很有磁性，我不得不說，他非常有男人味。

只說了幾句，我臉上勝利的笑容頓時凝固，消融，最後崩塌了，只剩下匪夷所思的表情。

「怎麼了？」

身旁的四人見我臉色不好，同時開口問。

我苦笑著，語氣裡依然帶有一種懷疑的味道，「那個老男人，想和我做一場交易。交易的物品，是我從他身上搜出來的戒指，而代價，就是帶我去參加今晚的黑市拍賣會。

「今晚，茶聖陸羽失蹤的屍身，會在那裡，被賣掉……」

第八章 拍賣會

所謂的黑市，就是非法的，地下的市場。

平時見不得光的東西，都能在那裡公開賣掉，比如各種管道得來的贓物，水貨，軍火，黃金，白粉，核武器等等。

只要有人居住的地方，只要有貪小便宜的人，或者有需求，但沒有正當貨源的貨物，就會讓黑市出現。

黑市，每個地方都有，只是規模有大有小，這個城市也不例外。

「夜不語，我們應該算第三次見面，對吧。」

「如果加上今天早晨，你跟蹤我的這一次。」

「哈哈，你果然察覺到了，我是在什麼地方露出了馬腳？」

「你沒有露出破綻，只是運氣有點不好罷了！我也是偶然發現你的。對了，帥哥貴姓？」

「楊俊飛。」

來到約定的地方，我和這個中年老男人一見面，就開始了一番唇槍舌劍。見誰也占不到便宜，只好作罷。

「戒指帶來了嗎？」楊俊飛用犀利的眼神盯著我。

我滿不在乎地反問：「我像傻瓜嗎？」

「不像。」

「那你還問我這麼蠢的問題。我老媽常常教育我，要養成好習慣，貴重物品絕對不能放在身上，免得被一些有心人，用不太雅觀的手段巧取豪奪。」

楊俊飛有點哭笑不得，那枚戒指原本就是自己的東西，怎麼變成這小子的貴重物品了！

「你怎麼知道，今晚在黑市會拍賣陸羽的屍體？」我問出了自己最關心的問題。

這次輪到楊俊飛反問了：「我像笨蛋嗎？」

「不像。」我老老實實地回答。

他露出令人討厭的笑容，「既然我們都是聰明人，那麼說話就簡單一點。不該你知道的事情，我是不會說的。」

我哼了一聲，「我看是你不想說罷了，無非是一些見不得人的關係網。」

楊俊飛不置可否，帶著我走進了一條骯髒的巷子裡。

黑市通常都在非常隱秘的地方，如果不靠關係網，根本就沒辦法找到，即使找到了，而且順利地偷溜進去，最後有沒有命再偷跑出來，也是問題。

畢竟黑市的經營者，都和當地的黑社會有所掛鉤。

推開一棟四合院腐朽的大門，便看到幾個黑衣大漢走過來，那幾人腰間脹鼓鼓的，明顯地放著「傢伙」。

楊俊飛也沒多說話，只是從口袋裡抽出一張雜誌一般的東西晃了晃，那幾個人便立刻恭謹地站到兩旁，將我們讓了進去。

「有點意思。」我暗道，看來今天這場黑市拍賣會，排場還不小。

彷彿是為了印證自己的猜測，穿過四合院的大堂，就到了一個十分大的院子前，裡邊密密麻麻地擺滿了幾十輛豪華轎車，左右打量了一下，我硬是看不出車是從哪裡開進來的。

「今天連陸羽的屍體，總共會拍賣五件十分珍貴的文物，每一件都價值連城。

「為了這場拍賣會，許多日本和韓國的富商，以及東南亞、美洲的文物商人，都跑來了。」楊俊飛在我耳旁小聲地解釋道。

什麼「文物商人」，說難聽點，就是各國的文物走私犯。我問：「什麼時候開始？」

「大概還有二十分鐘。」

拍賣場不知道離入口那個四合院有多遠，和外邊頹廢蕭條的景色也有天壤之別，簡直是豪華得不成樣子。

拍賣的大房間有三層，大概有七十多個像是音樂廳貴賓包廂的小間，正對著拍賣台呈放射狀排列，大概是為了保密，讓客人看不見互相競價的雙方。

我們走進了標有「十三」這個號碼的房間。

楊俊飛和我同時皺了皺眉頭，十三號，不是什麼吉利的數字。

舒服地靠坐在沙發上，聽到整個大廳鬧哄哄的，我索性要過拍賣目錄看起來。這一看，頓時大驚失色。只見第一個拍賣品的名字，便是「中國純金王冠」。彩圖下邊有一排解釋：宋或元代製造，使用者不詳。

我抬起頭，衝著楊俊飛道：「這個純金王冠，如果我沒記錯的話，以前應該是收藏在大英博物館裡，直到二００四年十一月，才跟隨其餘十四件文物一起被盜走。

「當時就有人推測，大部分的文物應該流入了亞洲，沒想到我居然能在這裡看到。」

楊俊飛淡然地說：「所以這才叫黑市。」

四周突然一靜，有個男人走上了中央的高台，拍賣會正式開始了。

我又低下頭，絲毫沒興趣地翻看目錄，隨即驚訝道：「陸羽的屍體，起始價居然高達三百萬美金，實在是高得恐怖。

「想當年，歐洲大量進口木乃伊，每英鎊大概能買幾百公斤，有的火車，甚至拿那些木乃伊當作燃料。」

「不奇怪，茶聖可不是一般的木乃伊。」

楊俊飛大有興致地望著四周此起彼伏的競價，道：「還有一個因素，有個日本富商，曾在黑市出價七千萬美金，他還聲稱，不論賣的人用何種手段取得陸羽的屍體，只要擺在他面前，他就立刻付錢。」

「所以我才奇怪。」我遲疑了一下，「為什麼陸羽的屍體，還會委託這裡拍賣？如果是為了錢的話，還不如直接賣給那個日本人。這裡應該沒人會出到七千萬才對！」

楊俊飛用力地點點頭，「你和我想的一樣，總覺得這場拍賣有些什麼內幕，有古怪！」

「明知道有問題，你還好意思拿來當作和我交易的籌碼，當心我把那枚戒指扔進海裡。」我沒好氣地罵道。

楊俊飛嘿嘿地奸笑起來，道：「交易是一回事，交易過後能不能拿到交易物，又是另外一回事。你是聰明人，應該不會不懂吧！」

我狠狠地瞪了他一眼，這傢伙恐怕比我還要陰險。薑果然還是老的辣！

「那我們準備怎麼辦？真的要把屍體買下來？」

「要買你買，我可沒那麼多本錢。」他舒服地在沙發上伸了個懶腰，「我的錢都是存起來娶老婆的。」

這個要死不死的傢伙，真的很想扁他一頓。

前邊的四個拍賣品，陸續被人拍了下來，壓軸好戲總算要開始了。

拍賣師的神色有點緊張，畢竟，他是第一次接手底價高達三百萬美金的拍賣品。

大房間的燈光被有意地轉暗了下來，五、六個穿著暴露的窈窕美女，推著一具棺材緩緩地入場，強烈的投射燈光照射在棺材上，泛出有些幽綠的光芒，讓人不寒而慄。

拍賣師咳嗽了一聲，見注意力都集中到了自己身上，這才用低沉的語音，緩緩地道：「這是最後一件拍賣品，前不久剛出土的茶聖陸羽的屍體。至於他老人家為什麼會安靜地躺在這裡，其中的緣由，在座的各位，當然都知道一些端倪。

「陸羽的所有資料，在拍賣目錄上都有附錄，我也不多說了，免得各位想睡覺。底價三百萬美金，第五號拍賣品，現在開始競價！」

「四百萬。」他的聲音剛落，就有人喊道。

「七百萬。」我們右邊包廂有個人不甘落後。

「一千萬。」

「三千萬……」

競價一直高昂地繼續著，我和楊俊飛都沒有行動。

突然，一個略帶沙啞的聲音喊出了一個價格，大廳所有人都驚訝地呆住了。

「一億美金。」

拍賣師全身都在顫抖，他的手也因為激動而微微地抖動著。

「還有沒有比一億美金更高的價格，一億第一次，一億第二次，一億第三次。成交！恭喜四十三號房間的先生。」

我和楊俊飛對視了一眼，誰也沒有先開口。不知為何，自己總覺得，剛才那個聲音有點耳熟，像是在哪裡聽過。

曲終人散，拍賣結束，懷著各種目的來到這裡的富商以及走私犯，也紛紛離開了。

我原本想乘機看看四十三號房間裡，究竟坐的是誰，可是這個拍賣場，對客戶的保護以及保密工作，明顯地做得很好，居然沒讓我逮到任何機會。

「你猜會花一億美金，買走一具沒任何價值的屍體的傻瓜，究竟是誰？」我忍不住道。

「我怎麼可能知道。」楊俊飛頓了頓，大有深意地看我一眼，悠然道：「而且這具木乃伊，恐怕也不像你所說的，完全沒有價值才對。」

我心臟猛地一跳，不動聲色地反問：「你這句話是什麼意思？」

「只是想告訴你，在明白人面前裝傻，這一套早就過時了。」他犯賤地笑著，「我們來稍微分析一下，首先，人工製造的木乃伊，保存完好的並不少，環境因素造成的天然木乃伊也有很多。

「但是在沒有任何防腐措施以及環境條件下，陸羽的屍體，居然能保存得那麼好，甚至連內臟都沒有腐爛跡象，身體水分也少有流失的狀態，倒是有史以來發現的第一例，學術上的研究價值絕對很高。」

「但是，也高不到一億美金。」我反駁道。

「我承認。」沒想到，楊俊飛痛快地同意了這個反駁。

他又道：「至於其他原因，恐怕你知道得比我更清楚。這段時間，你應該找到了許多線索才對。」

我不置可否，望著滿天的夜色，想到了什麼，突然全身一震，臉上也流露出驚訝的神色。

楊俊飛當然注意到了我的異常，奇道：「怎麼了？」

「我記起花一億元買走陸羽屍體的傻瓜，是誰了！」我皺著眉頭說。

他頓時好奇起來，急忙問：「是誰？」

「皇甫三星，二伯父夜軒的老闆，陸羽墳墓挖掘計畫的發起人，以及主要贊助商！」我的眉頭皺得更緊了，如果買家真的是他的話，自己的某個猜測，就會自相矛盾。

楊俊飛仔細地看了我一眼，明白過來，「你以前是不是懷疑皇甫三星監守自盜？」

和聰明人說話就是輕鬆，我點點頭，撓著鼻子說：「陸羽被盜的時候我就懷疑，屍體丟失，至少牽涉到兩個勢力。

「第一個是你，第二個我們都沒有親眼見過，但是在他或者他們的手裡，我們和你都栽了大跟頭。我在沒有察覺到任何異常的時候，就已經被迷暈了，而後到的你，也沒什麼好下場。」

見他尷尬地笑了一下，我又道：「要順利地躲開研究所的層層警衛系統，以及地下監視系統，不但需要非常瞭解裡邊的情況和警力部署，人數要少，還需要非常好的身手，這也是你為什麼能闖進來，而不被發現的原因。

「但是，要悄無聲息地將陸羽那麼大的一個屍體運出去，本身就不可能是一個人能做到的。我稍微模擬了一下，用微型氣墊車運輸屍體需要一個人，入侵監視器網路需要一個人，引開警力需要一個人。還有一個是頭目，他的存在是必要的，做統籌以及應變的工作。

「所以，第二個勢力，那天至少動用了四人，他們每一個的身手，當然不可能都像你那麼好。問題來了，究竟這個勢力來自哪裡？消息為什麼會那麼靈通？他們不擇手段地偷那具屍體幹嘛？他們人那麼多，是用什麼方法做得悄無聲息、了無痕跡？除非，研究所裡有內鬼！」

楊俊飛苦笑了一下，「你對我說這麼多，無非是想我這個第一勢力告訴你，我為什麼會去偷那具屍體？」

「聰明。」我點頭。

他又苦笑了起來，「我的本業工作是偵探，得人錢財，與人消災。

「當然，如果委託人能滿足我特殊的條件，或者報酬足夠讓我動心的話，我偶爾也不排斥幹一些偷雞摸狗的事情。」

「譬如說，你那天遺失在研究所的那幅油畫？」我嘲笑道。

「什麼油畫？」他愣了一下，一副不明白的神情。

我盯著他，最後搖搖頭，沒有再在這件事上繼續討論。

看他的樣子，似乎是真的不明白，不過，也有可能是偽裝出來的。哎，頭痛。

楊俊飛也沒有在油畫這個話題上糾纏下去，「我有點不明白，皇甫三星既然是夜軒的老闆加主要贊助商，挖掘出來的東西，幾乎都是算他的，幹嘛還要偷？」

「東西是國家的，如果他想要，只能偷走。常常聽二伯父說，他對茶聖陸羽有一種莫名其妙的瘋狂崇拜，所以我才會懷疑他。」

我沉思起來，喃喃道：「但如果真是他偷走的，幹嘛又要委託黑市拍賣，自己又花一億美金把它買回來呢？實在想不通！」

「那我們把這件事反著想一下，如果他確實監守自盜了呢？既然東西是在黑市買的，他可以不動聲色地藏起來，就算被抓住了，也不會有太大的麻煩。」楊俊飛笑起來。

我眼睛一亮：「就像是洗黑錢？」

「沒錯。」

「我靠。」我也笑了：「為了洗乾淨一具屍體，居然白白丟給黑市交易所一億美金。那個臭老頭果然很有錢。」

看著天際泛起一層層魚肚白，不覺間都快混了一夜。

我伸了個懶腰，疲倦地說：「天要亮了，我回去補眠。喂，中年老男人，我其實和你還滿談得來的。如果我們兩個不在敵對立場，就更好了！」

「我倒是不曾把你當作對手看過。」楊俊飛臉上又露出了那種欠扁的古怪微笑，老實說，那種桀驁不馴又帶點剛毅的樣子，確實有點帥，難怪夜雨欣那小妮子會念念不忘。

太陽漸漸地刺穿雲層，斜著極限矮的角度，照射到大地上，新的一天又開始了。

今天會出現新的疑團，還是所有事件的結束？唉，煩惱事情實在很多，大腦實在處理不過來，或許真的需要放鬆一下了……

第九章 清心

《茶經》是什麼？

一直以來，歷史學家以及茶道愛好者，都尊稱它為茶界的第一部聖典，有如猶太商人的摯愛《塔木德》。

它是中國第一部總結唐代及唐代以前有關茶事的來歷、技術、工具、品啜之大成的茶業著作，也是世界上的第一部茶書，它使中國的茶業，從此有了比較完整的科學根據，對茶業生產與發展，產生了極大的作用，堪稱一部茶道的百科全書。

茶經總共分為上、中、下三卷十節，約有七千餘字。

卷上：一之源，談茶的起源、名稱、品質，介紹茶樹的型態特徵。二之具，論採製茶葉的器具。三之造，說明茶葉種類和採製程式。

卷中：四之器，述說烹茶飲茶的器皿。

卷下：五之煮，講茶的烹煮技巧和各地水質的優劣。六之飲，談飲茶風尚的起源、傳播與飲茶習俗，並提出飲茶方法。七之事，描寫歷代有關茶的故事、產地和藥效。八之出，敘述各地所產的茶的優劣，並將唐代全國茶葉生產區域劃分為八大茶區。九之略，說明可省略的茶具。十之圖，則論及將茶事以素絹書之事。

其實，很多人不知道的是，《茶經》最詳細的原本，早就已經在戰爭中毀掉了，現在流傳下來的並不全，許多內容，也是後人補上去的。

但沒想到，被我誤打誤撞地發現了陸羽親筆所寫的原本，如果拿出去，不知道會引起怎樣的轟動！

本來想給自己放一天的假，但是中午一起床，拿起報紙，就看到兩則令人頭痛的消息。

第一則說的，是城裡古董市場昨晚突然發生火災，但奇怪的是，那場災難只燒掉了一棟房子，而緊緊地和這棟房子聯在一起的店鋪，卻是絲毫無損。

據附近鄰居說，這個房子原本住著一位年過七十的孤寡老人，為人很孤僻，性格也怪異，平時從來不和附近的人交往，只是靠著賣一些古董書籍，艱苦度日。

而火災的引起原因還未查明，有關單位正在四處搜索這棟房子的業主。

我看著報紙的照片，不禁愣住了。

這不是給我《茶經》的老人家的房子嗎？他告訴我，拿到這本書會有危險，但是他才失去這本書，就連命都沒了，這也太奇怪了！

第二則新聞只有很小一塊，寥寥數字。說的是市檢驗所昨晚遭到不明人物闖入，那個人並沒有偷走任何重要的物件，只是將全部有待檢驗的東西毀損一空。

有消息指稱，此人患有嚴重的精神病，現已經被警方拘留，做進一步的調查。

我的臉色越看越沉重，走到研究室劈頭便問：「今天的報紙，大家都看過了沒有？」

「當然看過了，不然我故意擺在飯桌上幹嘛！」夜雨欣撇了撇小嘴，「您這位大少爺，可是從來不看報紙的。」

我懶得理她，望著趙倩兒說道：「檢驗所那則新聞，妳怎麼看？」

彷彿明白了我的暗示，她頓時臉色一白，驚訝道：「你的意思是，那個人破壞送驗品，主要是為了偷走我拿去檢驗的那些茶葉？」

我點點頭，「很有可能。想要不動聲色地將一片樹葉藏起來，最好的方法，就是藏在森林裡，這個道理反著也成立。」

「小夜哥哥，我看，是你想太多了。」夜雨欣不同意，「是誰會幹這麼蠢的事情？他們幹嘛這麼做！」

「不要忘了，現在在我們身邊窺視陸羽的，至少有兩個勢力。他們一直都在尋找機會，把這次的挖掘成果都偷走！」

我走到空空的棺材旁，用手輕輕地撫摸著，「妳們也看到了，這位茶聖的身上，實在有許多神奇、古怪的地方，雖然我們不瞭解，但是不代表對方也不瞭解。

「一定有什麼東西，是我們不知道的。而那兩個勢力，想要的就是這種東西。」

嘆了口氣，我望向夜雨欣問道：「二伯父到哪去了？」

「他一大早就去了挖掘工地，據說有什麼發現的樣子。」夜雨欣也學著我嘆氣，「老爸現在瘋了似的，把自己關在房間裡看那本《茶經》，真不知道老媽怎麼會愛上他！」

她剛說完，瘋子叔叔便衝了進來。他衣冠不整，雖然談不上蓬頭垢面，但是也夠不雅觀了。

他向整個研究室掃視了一眼，看到我頓時高興地叫道：「小夜你果然在這裡，天哪！你知不知道，我在這本書裡發現了什麼？」

「什麼東西讓你這麼激動？」

「是神農茶和清心茶的原配方和採摘方法！」

我頓時失望了，原來就這些玩意兒？在現代，這兩種東西，早就不是什麼秘密了。見趙倩兒一臉不解，我解釋道：「漢代《神農本草經》記載：『神農嘗百草，日遇七十二毒，得茶而解之。』歷經千百年『茶馬古道』的世代相傳，『神農茶』原本專為古代宮廷皇室御品，現在變成許多人的健康保健飲品。

「其實，神農茶並不是神農氏發明的，而清心茶則是陸羽的研究，喝在口裡異常清香，韻味十足，而且有提神的效果。只是這些配方，許多人都知道。」

「沒錯。」雨欣點頭補充，「說實話，所謂神龍茶就是一種中藥，原料為忍冬藤、金沙藤、布渣葉、狗肝菜、桑枝等十多種中藥。可以清暑消熱、生津止渴，主治傷風感冒。總之用處很多，但絕對不是什麼稀奇的東西。」

聽了我們的話，瘋子叔叔沒有一絲意外的樣子，神秘地笑著，「你們說的我都知道。

「但是，我說的神農茶，是真正神農氏製作的茶。而清心茶，主要的成分，就是陸羽棺材裡的那些茶葉！」

「什麼！」我猛地轉過頭望著他，只感覺自己的語氣也顫抖了起來。

棺材裡那些茶葉的神秘之處有很多，瘋子叔叔通過各種方式，也沒辦法弄明白，只是發現每一片葉子裡，都蘊含著很強的能量，各分子結構，也構造得異常緊密。

就我所知，只有一個人喝過那種茶泡出的水，就是張克。他現在已經變成植物人，恐怕要永遠躺在醫院裡了。

很滿意我們瞠目結舌的表情，瘋子叔叔又道：「不但有配方，這本書裡，也記載了主要成分，也就是這種茶葉的採集地點。但是我在地圖上查，就是查不到！」

「等一下！」我用力地揮著手臂叫停，「聽你的意思，神農茶和清心茶的主要成分是一樣的，都是陸羽棺材裡的那種茶葉。

「但是這種茶葉，人真的能喝嗎？你看看張克現在那樣子！」

趙倩兒全身一顫，神色黯然起來。

「既然茶聖都寫了能喝，害怕什麼？」瘋子叔叔瞪了我一眼，「何況，世界上任何東西都有保存期限，說不定是因為那些茶葉放了一千兩百年，已經變質了，才會有副作用。」

「把人變成植物人，也叫副作用？根本就是有毒植物！」我氣惱地喊道。

瘋子叔叔不置可否，哼了一聲，「孤陋寡聞。人類現在使用的許多東西，就是從有毒的植物上提煉的。鴉片可以做成麻醉藥品，致命的氯化鉀，可以治療許多心臟疾病。

「就算它有毒，陸羽也一定找到了綜合這種茶葉毒性的方法！」

我一時語塞，聲音低了下來，緩緩地問：「那，配方上有沒有提到茶的功效？」

一提到這個，瘋子叔叔立刻容光煥發，彷佛又年輕了幾歲，「當然稍微提了一下，陸羽記載清心茶可以治療百病，讓人容顏不老，身體永遠保持在精力最旺盛的年齡。

「而神農茶，更是能使人起死回生……」

「不可能！」我和夜雨欣、趙倩兒三人，同時驚訝地叫出了聲來。

我絲毫不信地打斷了他，「如果他說的是真的，那麼這麼偉大的發現，歷史上為什麼沒有絲毫的記載？而且，這茶真的存在世上，人還會死嗎？

「身體永遠保持在精力最旺盛的年齡，也就意味著新陳代謝，不會隨著年齡增長而改變，這樣的話，人至少能活上一千多年，直到大腦萎縮為止！這絕對不可能！」

瘋子叔叔望著我們，只說了一句：「那你怎麼解釋陸羽的屍體經歷千年，而沒有絲毫腐敗的跡象？這根本就是現代的醫學和科學解釋不了的！」

我愣住了，沒有再說話，內心深處，似乎開始有一點相信，這個匪夷所思的可能性。

也只有這樣，才能解釋那兩個勢力，為什麼會拚命地想得到陸羽的屍體。

難道他的身體裡，也有什麼我們所不知道的秘密？而且和這種茶葉有關係？

思忖了半晌，我才從紛亂的思緒裡回過神，問道：「那種茶樹，在哪裡可以找得到？」

「在烏墩。」瘋子叔叔的神情有點沮喪，「但是我找了一夜，都沒有找出這個地名的出處。這本書上記載，茶樹名為『清心』，神農氏就是吃了它的葉子，才得救的。」

我遲疑地說：「據古文獻記載，炎帝神農氏起源于陝西渭水一帶。然後在神農架的山林中，架木為梯助攀援，架木為屋避風寒，踏遍青山，遍嘗百草，採集草藥為民治病。

「範圍再擴大一點，既然陸羽的書裡提到，神農中毒後吃的茶就是清心茶葉，那麼烏墩這個地方，應該在湖北西部鄂、陝、重慶交界一帶才對。」

瘋子叔叔一聽，立刻嘆氣，「範圍太大了！」

我也嘆了口氣，「是啊，範圍實在太大了。」

夜雨欣眨巴著眼睛，突然非常沒有淑女風範地罵了起來：「你們兩個笨蛋，平時不是很聰明的嗎，怎麼忘了？陸羽是一千兩百多年以前的人物，記載的也是一千多年的地名。

「這一千多年來，滄海桑田，多少地方的名字被改得面目全非了？」

她轉過頭面向自己的老爸，狠狠地在他臉上刮了一下，道：「老爸你也是，身為植物學教授，就連最基本的物種變遷理論，都忘掉了！」

瘋子叔叔一愣，頓時明白過來，他欣喜若狂地抱住自己的女兒，狂叫一聲，「我知道了！該死！小夜，我們兩個聰明人，完全鑽進了牛角尖裡邊！這本《茶經》裡根本就沒有提到過，烏墩和神農氏嘗百草，是在同一個地方。」

他想了想，又道：「史料記載，有神農氏的傳說，是在六千年到五千五百年以前，這接近六千年的滄海變化，足夠讓許多物種遭到滅亡之災，譬如熊貓，就只剩四川一帶。

「而那種名為清心的茶樹，或許由於某種原因大量死亡，到了一千兩百多年前，只剩下烏墩那個地方，才留下些許了。」

我眼前一亮，「也就是說，我們的查找方式，應該不要只是局限在西部鄂、陝、重慶這三個省區。重點找的是唐代時，地名還是烏墩的地方！」

一被點醒，我的心裡便已經有了答案。為了能夠更加確定，我們幾人立刻用研究室的電腦搜索。

「果然是烏鎮！」我抬頭衝著所有人露出燦爛的笑容，「沒想到，清心茶樹唯一存活的地方，居然還很有名！」

烏鎮是個有著一千多年歷史的古鎮，原先就叫烏墩，直到南宋的宋光宗登基後。宋光宗的名字是個冷僻字，豎心旁加個「享」，念「敦」，於是天下念「敦」的字，全不能用，結果烏墩就這樣改名，成為了烏鎮。

夜雨欣也笑了，「這地方，我和老爸也去過，春秋時期位置在吳、越兩國的分界線上，現在是在蘇、浙兩省的分界線上。據說他們那裡的人修房子，如果修偏了一點，就會變成正房在浙江，廚房卻伸進了江蘇地域。三餐也會搞得跨越省界才能解決。很有趣！」

「我立刻去訂機票！」瘋子叔叔激動起來，剛拿起電話，突然又頹然放下，「哎，差點忘了，我還要研究那些死掉的屍體上長出來的植物，根本抽不開身。」

「我去好了！」夜雨欣立刻舉手，一臉興奮的神情。

我和夜郝不約而同地吼道：「不准！」

「算了，還是我去一趟。我也很好奇，那種清心茶樹究竟是長什麼樣子。」看到夜雨欣漂亮的大眼睛中，猛地閃爍出熾熱的光芒，我忍不住潑她冷水，「我一個人去。這次旅遊非常危險，不要忘了，至少有兩個勢力打那種茶樹的主意，到時候我根本照顧不了妳！」

夜雨欣失望地坐到沙發上，鼓起小嘴，賭氣地將頭偏向一邊，眼睛裡瞳芒一閃一閃的，像在打什麼壞主意。至於是什麼壞主意，我當然是再瞭解不過了。

從警衛那裡要來一副手銬，我不顧她拚命地反抗，將她銬住，然後對失魂落魄的趙倩兒說道：「倩兒姐姐，交給妳一個任務。妳幫我二十四小時看住這個小妮子，別讓她跑掉了，直到我回來為止。

「小心，千萬不要被她文靜、乖巧、可愛的樣子騙了，她的小手段多得嚇死人！」

趙倩兒麻木地點點頭，任我用手銬的另一頭將她銬住。身旁的夜雨欣憤恨地瞪著我，最後一口咬住了我的胳膊。

「小夜哥哥，人家恨死你了！」她淒慘地大叫。

上帝啊，受傷的應該是我才對，瞧瞧手臂上那排好看的牙齒印，現在還深深地烙印著，好痛！

又看了趙倩兒一眼，嘆了口氣，我拍拍她的肩膀安慰著，「不要再擔心張克那傢伙了。找到了清心茶樹，他的病恐怕就能治好了。」

她的眼神裡稍微出現了一點神采，輕聲問：「真的？」

「當然是真的。」我在臉上擠出了非常自信的笑容。

這時，二伯父夜軒一臉氣憤地走了進來。瘋子叔叔笑嘻嘻地，想要將自己的發現告訴他，卻被他瞪了一眼，嚇得趕快走開。

「氣死我了！」二伯父大聲地吼著，「陸羽的挖掘和整理工作，一向都是由我在做的，沒想到皇甫三星那臭老頭子，居然把馬約那混蛋請來。

「現在，要我將收集到的文物資料都給他一份，大有一種想把我換下去的意思！他媽的，我活了五十多年，還真沒受過這種氣！」

聽到這位高學歷的伯父居然罵髒話，就連還在賭氣的夜雨欣，也不禁啞然失笑。瘋子叔叔皺了皺眉頭，道：「是美國賓夕凡尼亞大學教授派特裡．馬約？」

「就是那傢伙！」二伯父沒好氣地答。

忍不住好奇，夜雨欣問道：「他怎麼了？為什麼一提到他，你們都一副很不爽的表情？」

「那傢伙在考古業界可是臭名昭彰。」我笑著解釋道：「他有數不盡將考古發現的知識盜賣的前科。最有名的兩次是十幾年前，他在土耳其的一座皇家古墓進行考古調查時，發現了類似酒類殘留物的物質，便不作聲地回國，與美國德拉瓦州一家釀酒廠合作，釀出了一種新型啤酒，結果大賣。

「第二次這位仁兄更不簡單，而且更大膽。幾年前，他與中國負責賈湖遺址發掘的考古專家合作，由中國的專家，提供遺址上出土的陶器殘片，讓他進行成分分析。

「最後，分析確定了這些陶器殘片上的殘留物中，含有酒類揮發後的酒石酸，其化學成分與現代稻米、米酒、葡萄酒、蜂蠟、葡萄丹寧酸，以及一些古代和現代草藥所含的某些化學成分相同，殘留物還包含有山楂、蜂蜜等化學成分，最終認定了這是一種酒類飲料的殘留物。

「這個發現，當時在世界上引起了非常大的轟動，從而將人類的釀酒史，提前到了距今九千年前，也使得賈湖城，成為了目前世界上發現最早釀造酒類的古人類遺址。

「一年後，他又到了一趟賈湖村，只在那裡停留了一天，在相關中國考古專家陪同下，取走了一些陶片樣本，藉口是殘留物成分的鑒定工作，必須在美國進行。沒想到他一回國，即刻與從前的那家酒商進行合作，將成分鑒定結果提供給了釀酒廠，後者依據其成分，配製出了一種酒類飲品，還為這種古酒註冊了商標，現在這種酒，全世界都有賣。」

「壞蛋！」夜雨欣氣得咬牙切齒，道：「這種人怎麼沒人管？」

「不是不想管，是根本管不了。這位仁兄，可是非常有把握逍遙法外的。」我帶著笑，語氣卻陰陰地道：「參與過賈湖遺址發掘的考古專家聽到消息，立刻和他聯絡，曾有負責人責問道：『這個項目是我們合作進行的，標本也是我們提供的，你怎麼能隨便就把成果提供給酒商，用於商業目的？最起碼要跟我打一聲招呼呀！』

「你們猜這位仁兄是怎麼回答的，哈哈，他的用詞非常精采，雖然中文說得不流利，但幾句話就把所有人的責問給塞住了。

「他說：『我與那家啤酒廠合作，致力於復原古代中國新石器時代飲料的主要目的，並不是要製造一種商業性的飲料，而是為了試驗及發現可能會出現的情況，從而使古代飲料製造的技術，清楚明白地顯示出來。

「『換句話說，關於如何將研究成果發展成一種基於古代成分的現代產物，我們沒有專利權或是版權，我與那家酒廠的關聯，是一個明智的做法，通過直接建議他們和提供我的專家意見，則更有可能製造出這一新石器時代的古飲料。媒體的宣傳，也能夠更直接地快速進行。』

「他還津津有味地列舉了自己在七百年前的土耳其墓中，找到殘餘物的化學分析，並成功釀造出啤酒的例子。當時考古學者，氣得什麼話都說不出來了，只好裝作大方地感嘆著：『祖先的文化遺產，是人類共同的財富，美國人此舉，也是對我們祖先的遺產和我們研究成果的一種宣傳。』但是賈湖的許多村民，氣得差些吐血。」

說完，我向天花板上望去，一副狠毒的表情，「如果有空的話，我真想親眼看看這位陰險狡詐、臉皮厚又寡廉鮮恥的朋友，長得是什麼尊容，可惜我今晚就要去烏鎮了。」

望了二伯父一眼，我又道：「您老也別閒著，雖然那位仁兄來了，會讓事情變得很複雜，但是，未了避免陸羽老人家的東西被他順手牽羊，在美國再弄出個什麼茶的東西來，還是先忍辱負重的好。

「現在明擺著皇甫三星想要把你趕走，可是，你為什麼要笨得去和他賭氣？整個考古隊都是你的，也只會聽你的指揮，那位馬約先生，根本叫不動他們。」

夜軒猶如醍醐灌頂，頓時明白了過來，差點嚇出一身冷汗，喃喃道：「對啊，我跟他們那群人渣王八蛋鬥什麼氣？差點就著了皇甫三星那老頭子的道。」說完，就頭也不回地跑出研究室，向他的挖掘工地趕去。

我深深地吸了口氣，最近事態越來越緊張了，城市的空氣裡，似乎都彌漫著一種不知名的古怪氣氛。

據說，脖子上留著兩個血洞的謀殺事件，依然在繼續著，而窺視著陸羽的兩個勢力，一直隱埋在深處。

楊俊飛可以先不考慮，但問題是，第二個勢力，我根本就不能確定，它們是不是來自皇甫三星。如果不是，令人迷惑的地方就更多了。

總覺得這兩個勢力都在蠢蠢欲動，它們像毒蛇一樣，死死地盯著我們的一舉一動，準備在某個必要的時候，飛快地從陰暗的角落裡竄出來，狠狠地咬斷我們的脖子……

第十章 生命螺旋

我喜歡兩隻手糾纏的感覺，像肢體的相互纏繞，就那樣彼此感動著，顫抖著。

我能忘乎所以地想你，而不去理睬你離去的軌跡。

也許，我被傷痛迷惑了方向，分辨不出東、南、西、北。也許，你讓所有的情節變得省事而簡單，我沒了扮演的角色，在這樣的劇本裡，我不知所措。也許，你就再也不願讓往事打擾，但我始終如一地想念你，想念從前！

我不知有誰像我那樣憂傷地想你，我不知有誰像我如此忘情地牽掛你，我不知有誰像我如此癡癡地等待你。地老天荒，永不言悔！也許愛，根本就沒有對錯！

有個不知名的詩人曾如是說道。

其實也對，感情並不是心臟不好的人可以輕易涉入的，特別是這段感情裡充滿了曲折、阻撓以及不解。甚至兩個人站在一起，站在一個池塘前，望著同一株睡蓮，但卻根本猜測不到，對方是不是也喜歡自己。

有猜疑，就會變得膽小。一膽小，便會令自己害怕。一害怕，就更加地說不出口了。

茶聖陸羽以及崔淼兒之間的感情，正是如此。

《茶經》的最後幾頁，元元本本地將這段故事記載了下來，看字跡，並非陸羽親手所寫。或許是他死後，他的朋友有感而發吧。

這兩個人明明愛對方愛得要死，但是偏偏不敢說出來。似乎一說出口，就會打破某種默契似的。

故事的結果是個悲劇。

崔淼兒的父親，要求她嫁給一個門當戶對的男人。她答應了，但是只有一個要求，就是希望婚前見陸羽最後一面。

但是陸羽卻沒有去，他膽小、害怕、懦弱地，和詩僧皎然談了整整幾天的茶道。於是崔淼兒出嫁了，她將紅色的被單繫在洞房的屋樑上，吊死在了那裡……

飛機上，我翻看著這本《茶經》。雖然文言文基礎不太好，但是也明白了個大概。我心裡不禁黯然。古往今來，悲慘的愛情故事一直都在發生，任你主角是天子還是聖人，都無力回天。恐怕，這就是作為人的最大悲哀吧。

「臭小子！」耳邊有個異常熟悉的聲音，從身體的右側傳過來，那是一個用牛仔帽將自己的臉嚴嚴實實遮住的男人。

我頓時笑了起來：「靠！幹嘛裝神弄鬼？我旁邊原先那個胖子，被你弄哪去了？」

「他現在正高興地坐在頭等艙裡，流著口水看空姐呢。」

楊俊飛將臉上的帽子摘下來，做出一副造作的驚喜表情，「沒想到，我們這麼快就又見面了。實在是太巧了！你也準備去烏鎮散心？」

我噁心得恨不得一腳給他踹過去，「你還好意思裝巧遇，明明是在跟蹤我！」

楊俊飛嘿嘿笑著，衝著我眨眼道：「我只是好奇你去那兒幹嘛罷了！」

「你是在明知故問。」我也笑了，眼神卻變得冰冷，「我知道的事情，你透過調查、竊聽！哼，你和你的那個勢力，究竟知道了多少？」

「我怎麼知道你究竟知道了多少。」他依然在笑，還笑得很燦爛。

我哼了一聲：「不如我們來攤牌好了。雖然不知道你有什麼目的，不過，你人我還算看得比較順眼。」

「你的意思是，合作？」楊俊飛顯然有點摸不清我想幹嘛。

「沒錯，合作。」我盯著他的眼睛，悠然道：「雖然和你真正的接觸也不過兩次，但是看得出，你並不是個不識大體的人。而且，你似乎對自己的雇主也沒什麼好感。」

他也一眨不眨地盯著我，許久才嘆了一口氣：「你比我想的更聰明。」

「那我這個聰明人，是不是應該先做出一點比較有誠意的表示？」

我從口袋裡掏出那枚戒指，扔還給了他，「下次記住，重要的東西，千萬不要在偷雞摸狗的時候戴在身上。這個世界，不是誰都像我一樣地拾金不昧！」

楊俊飛出奇地沒有反駁，他接住戒指，眼神呆滯地望著，臉上百味交雜，看不出到底是欣喜還是痛苦。過了許久，他才緊緊地將戒指捏在手心，捂住胸口的位置。

「夜不語，你知道自己愛了許多年的女人，在你剛要向她求婚的時候，她卻消失了。和你最好的朋友結了婚。你能怎樣？你知道有多痛苦嗎？」他的聲音哽咽著。

「你是那位男主角？」

「沒錯，我就是那個傻瓜。」此時的楊俊飛顯得異常脆弱，他似乎放下了所有的心防，再也沒有勾心鬥角，再也沒有陰謀和詭計。有的只是一個普通的、被感情傷害的男人，對一個只見過幾次面的男人，娓娓傾倒著自己的痛苦。

他用淒涼沙啞的聲音，緩緩地講述著自己與張冰影的感情，他怎麼遇到了自己這輩子最好的朋友陸平，他的愛人怎麼背叛了他，他最愛的人和最好的朋友怎麼躲著他，最後走上教堂的紅地毯。

我只是默不作聲地傾聽著，在他發洩完畢後，遞給了他一張紙巾。

「舒服了吧？」我少有的柔聲問。

楊俊飛點點頭，眼神裡流露出一絲感激，「謝謝。」

我見他的精神狀態恢復了，這才皺眉，提了個要求：「你口中所說的陸平，究竟是個怎樣的人？能詳細講給我聽嗎？」

楊俊飛奇怪地看了我一眼，「你對他很好奇？為什麼？」

「因為，我剛好也認識一個叫做陸平的人，不過那個人有點麻煩。」

我不動聲色地說著，自己怎麼在一棟死了數百人的房子裡，找到了一個蘊藏著怪異力量的黑匣子，而一切古怪事情的背後，都直指向一個叫做陸平的旅日歸國華僑。

而我又是怎麼追蹤著他的蹤跡以及黑匣子的線索，去了日本，發現他居然已經超過了百歲，但樣子卻永遠都保持在二十多的歲數上。

更恐怖的是，他被黑匣子改造了身體，擁有不死的生命。他的目的不明，我個人猜測他是為了讓自己最愛的人復活，不惜做出許多匪夷所思的事情，用他永恆的生命，拚命地尋找著令人復活的方法。

楊俊飛被我所講的故事驚呆了，過了好久，才從震撼中回過神來，抬起僵硬的手臂，按住了自己的太陽穴。

「你說的事情，真的很讓人難以置信。但是，不知道為什麼，我就是信你！」

他轉過頭望向我，「不過很可惜，你說的那個陸平和我認識的，應該是兩個人。從你的描述裡，這兩個陸平在時間上，都對不上號。」

我仔細地想了想，也覺得不太可能，或許真的只是同名同姓罷了。右手胡亂地翻動報紙，突然想到了什麼，我問：「你嘴裡提到的『生命螺旋』究竟是什麼？」

「生命螺旋研究，就屬於生命的再生範圍。其實在理論上，它能在一具已經沒有生命的屍體裡注入精神力量，使其復活。

「那是我大學時和陸平研究的課題，但我最先提出這個理論時，其實是想進行時空穿越，也就是世人所謂的時空隧道。」楊俊飛回憶著，思緒再一次地回到了大學時代。

那一天！對！就是那天下午。楊俊飛記得很清楚，回憶中，所有的事就像昨天發生的那樣。

他一如往常地走在三人的左邊，張冰影挽著他的手，陸平依然沉默。而自己，也因為一些突如其來的想法，而不像以往那樣多話，顯得特別地沉默。

「你們應該聽過這個理論吧？當將物質分解為分子、原子或者更小的基子時，就有可能用很少的能量讓它們加速，一直加速到足夠突破物質臨界值的速度和能量，進而穿越或者融合物質！」他將一枚銀幣拋入湖裡，突然轉身問道。

張冰影和陸平同時一愣。

陸平知道，這是楊俊飛抒發自己新奇理論的前兆，立刻興趣大起，回答道：「這不就是盧克．L．米傑爾的物質穿越理論嗎？都是陳年老調了。

「他無視經典物理理論的公式，大膽地提出兩個物質之間，是可以融合甚至穿越的。而之所以沒有發生融合和穿越的現象，是因為物質與物質之間，大多存在著臨界值。

「為了增加自己理論的可信度，他甚至為世界上百分之六十的已知物質，制定了臨界值度表。在表裡，米傑爾規定了六十是最大的度數。固體的度數，大於三十而小於六十。

「液體大於十而小於三十，然後氣體是小於十而大於零。他的理論的最後總結是：當物質的臨界值度小於三十時，同種類的物質，是可以互相融合的。

「當物質的臨界值度小於十時，同種類的物質，是可以融合並互相穿越的。而當兩種異類物質的其中一方的能量，達到或者超過臨界值的話，就會出現兩物質融合或者穿越的現象。」

「完全正確！」楊俊飛點點頭，道：「我們先來假設這個理論是正確的。這樣我們就會發現一個很有趣的結論，一個關於生命空間的結論。」

「生命空間？」陸平疑惑地重複道，他本以為已經抓住了楊俊飛為什麼現在提出物質穿越論，以及以後他要提出什麼論證。可是現在，他有些不明白了。

「對……是生命空間！」楊俊飛沉吟了半晌問：「在經典物理論中，空白空間的定義是什麼？」

陸平答道：「當然是沒有任何物質的地方，可以讓固體任意移動。」

「但是我認為，並不是沒有任何物質，而可以充斥著臨界值度小於十的空間，也是空白空間。因為臨界值度小於十，可以讓所有的物質都能隨意穿越，並沒有違反空白空間的定律。但這樣的話，有趣的疑問立刻又來了。

「經典物理論裡也提出：『空間沒有絕對的空間，更沒有無限大的空間。』既然這樣，那麼就一定有物質阻止空間的無限大。假設這種物質的臨界值大於三十，屬於人類無法穿越的物質的話，那麼將空間隔開的物質，也就確確實實地存在於空間裡。而空間空白論和空間大小論，也就顯得自相矛盾起來了！」

陸平的大腦開始混亂了。他實在不明白楊俊飛講了那麼一大堆，到底想要闡述什麼。

突然一道靈光閃入腦海，他「啊」的一聲，「你！你這傢伙是在挖空心思，貶低經典物理論和經典生命學，在我心裡的可信度？！」

楊俊飛大笑起來，「嘿，不錯嘛！你這傢伙的死腦筋，終於開竅一點了。」

「但是……你到底想要幹什麼？」陸平很不解，雖然他和楊俊飛常常觀點不同，但這個傢伙，還是第一次在自己面前，和經典物理論短兵相接。

不知道為什麼，他內心稍稍有種不安的感覺。

張冰影看著眼前這個自己最愛的男人，心裡一動，嘻嘻笑著說：「我知道了。一定是俊飛快要說出來的想法，是某個奉經典物理論和經典生命學為金科玉律的人，所絕對無法接受的！」

「可是，世界上有那麼多人相信經典物理論，為什麼矛頭總指向我？」陸平大喊冤枉。

「哦！你是承認了？」張冰影像個小孩子一般地歡呼起來，「我可沒有點到某個人的高名偉姓哦！某個人這麼爽快地承認，哈哈，真讓小女子我佩服得五體投地！」

陸平一臉無奈，像吞下了一盆苦果那樣，有口難辯。

楊俊飛微笑著看了看冰影，繼續說道：「其實費了那麼多口水，我無非只是想提出一個問題。如果我們先假設隔閡在兩個空間之間的物質，就是空間的臨界值，那麼當我們穿越了這個臨界值，從這一個空間到達另一個空間時，這一系列的動作又算是什麼呢？」

「當然算是空間的穿越吧！」陸平不加思索地答道，但話一出口，立刻明白自己又上當了。

果然，楊俊飛嘴角帶笑地說道：「上世紀末，美國的華裔物理學家馬克．M．李博士，曾經提出過時間空間一體論。認為時間與空間存在的實質雖然不同，但本質卻是相同的。

「他的結論很有建設性，闡述了許多觀點，並提出時間是另一種存在的空間。而我近期想到的第一個設想，就是建立在這種理論的基礎之上！」

「那麼，你的意思是？」陸平艱難地吞下了一口唾沫。

他已經隱隱地觸摸到了楊俊飛的理論。

但是越想，他就越感到自己像是跌入了一口絕對零度的井裡，連背脊都冒出了寒意。如果那個理論真是現在自己所想到的話，那麼就太有違常理了！不！甚至可說是大逆不道！

「沒錯！就像你想像的那樣。」楊俊飛得意地笑著，看得出他眼神中的激動。

「如果空間和時間真是一體，既然將物質分解為分子、原子或者更小的基子時，有可能用很少的能量讓它們加速，一直加速到足夠突破物質臨界值的速度和能量，進而穿越物質。那麼，把分子、原子或者更小的基子，加速到足夠突破時間臨界值的光速，甚至超過光速，時間也就同樣可以穿越了！」

天哪！果然來了！陸平有些絕望地想。

如果這個理論是正確的話，那麼經典物理論，豈不就像牛頓定律來到了太空中，那麼毫無是處了嗎？但是……自己那麼多年的信仰，到底是什麼？不對，不應該是這樣！

陸平用力地揉了揉太陽穴，垂死掙扎道：「但你似乎忽略了一點！在愛因斯坦的狹義相對論中曾指出，世界上沒有任何物質可以接近、達到或者超過光速。

「物體品質是隨著速率增加的，當物體的速度趨進於光速時，品質會趨向於無限大。所以，等於或者大於光速的物體，是不存在的！」

「那麼光是什麼？它不是物質嗎？」楊俊飛問。

「當然不是了！」陸平毫不猶豫地答道：「光是一組電磁波，它由不斷向外擴散的光子組成。它只是能量束！這是小學生都知道的常識……」

「那麼光子又是什麼？它由什麼組成？」楊俊飛毫不客氣地打斷了陸平正準備滔滔大論的語調問道。

陸平皺了皺眉頭道：「光子是一種量子，是一切帶電粒子間電磁相互作用的媒介子。」

「那麼組成原子的粒子，為什麼在向另一能級跳躍時，會發射或者吸收光子呢？」

「那，那只是單純的能量傳遞而已！」

陸平開始底氣不足了，因為楊俊飛所提到的電子，早已不是經典意義上的粒子了，所遵從的規則，也不同於經典物理論的規則，這也是讓所有研究它的人一頭霧水的原因。

「真的只是這樣嗎？」楊俊飛死盯著陸平的眼睛，看得他不安起來。

他小心翼翼地答道：「而且法國的物理學家德布羅意，曾經提出，一切微觀粒子都具有波粒二象性，我想，這應該足夠解釋了吧！」

楊俊飛像是在等待這句話似的，只見他微微地一笑，道：「那麼，你也承認所有的微觀粒子都是能量了？」

「是，那又怎麼樣？」心裡又有上當的感覺了。

楊俊飛笑吟吟地道：「既然光子是一種能量，而組成原子的微觀粒子，也是一種能量的話，那麼根據等量代換，組成世界萬物的分子，不也是一種能量嗎？

「那麼，光子乃至於電磁波，不也就是物質了嗎？」

陸平總算明白過來了，那傢伙竟然繞著圈子，讓自己推翻自己構架的堡壘，然後直截了當地向他的假設投降。

雖然在有些地方像是使了些巧，但是他的推論，沒有一處不嚴謹，而理論的連接處，也相當緊湊，實在是精采絕倫，讓聽的人忍不住有種想鼓掌的衝動。

但是，這種聞所未聞的理論，實在太縹緲了……對了！縹緲！總算想到一個可以打破這個建築在空中樓閣之上的推論了！而且這個方法實在太簡單了，剛才怎麼都沒有想到？

陸平一想到，這次可以駁倒這個從來都贏不了的傢伙，忍不住笑出聲來。

他措了措詞，揚起頭問道：「這些在我看來，都只是詭辯而已！哈哈，除非你能給我一個可以令我心服口服的理論！怎麼樣？你能嗎？」

「哦？你這傢伙，果然在我的調教下變得聰明點了！那種東西嘛，嘿，我當然有了！」

楊俊飛眼角帶笑地看著他，這一舉動，立刻將陸平少得可憐的自信和笑意，打得灰飛煙滅，「這就要涉及到我的第二個設想了。我把它稱作振盪論。」

「振盪論？」陸平哼了一聲，「嘿，我還以為你會提出什麼驚世大理論，原來，又是這種虛無縹緲、不著邊際的老生常談。」

「振盪論的中心點，就是振盪所引起的波動！我相信，宇宙中的一切物質和能量，都是由一些頻率不同的振盪波組成的，因為假設這個理論正確的話，那麼所有物理上的死角，和大自然中科學無法解釋的東西，都可以有合理的解釋了。」

楊俊飛笑著解釋道：「當然，單純的振盪論，的的確確像某些老論調，但是請以我的視角看，一種以線段來做振盪單位的視角。我們來假設，所有組成物質或者能量的振盪，都有長度，而將分子的振盪長度設為1，那麼原子便是遠遠小於1的數字，而組成原子的電子、質子等等，當然又是小於原子的長度。

「於是夸克、輕子這些基本粒子，就組成了振盪的最短衡量單位，當然，只是現今科學意義上的最短。用這個長度來解釋和衡量的話，當電子加上或者減去相同光子的長度的時候，那麼原子以及分子，都會在原來的基礎上作出改變了。而這種改變，可以解釋一切能級的躍升！」

陸平不屑地冷笑道：「這不是和經典物理論一樣嗎？只是換了一種說法罷了！」

「不，不一樣！」在他們的辯論中，一向保持沉默的張冰影開口了，她首先明白了楊俊飛所有假設的含義，不禁激動地顫抖起來。

她用稍稍發顫而又乾澀的聲音說道：「並不是一樣的！經典物理論中否定了物質與能量的同等性。但這在俊飛的理論中，得到了合理的統一。

「如果真和他假設的一樣，那麼，那麼也就是直接地證明了世界上的一切，都是由能量不等的能級構成的。當將物質的固有能量增大時，速度也會相應地增加，直到它的速度達到一定的超越值，物質就極有可能等於，甚至於超過光速！」

「那就是說，那就是說……」陸平也明白過來了，他感到自己就像被電擊中一般，頭腦一片空白，什麼也說不出來了。

「沒錯！」楊俊飛傲然笑道：「如果這兩個假設成立的話，經典物理論就會全部改寫，而人類也會踏入一個可以隨意敲開過去與未來，這些無數個時間大門的新時代！」

陸平皺了皺眉，好不容易才從那兩個獨特而又大膽，令人心驚膽戰的假設中清醒過來。

他依然不願意放棄自己已經追求了很久的經典物理論，就像個手裡緊緊地抓著糖果的小孩那樣，死也不想放棄看似唾手可得的東西，而對眼前那個更有吸引力的大西瓜，假裝視而不見。

他低著頭，內心掙扎著，慢慢地說道：「你的依據呢？還有可以支持你的假設的有力科學理論和公式呢？如果這些僅僅只是你的假設的話，那麼說得再動聽，也不會讓所有苛刻的物理學家承認吧！」

「的確只有假設，只有推論，不過，至少只是現在是？」楊俊飛向遠處望去，他的眼神裡絲毫沒有頹喪，有的只是一種奇怪的空洞。

這種空洞，在人的感覺中，可以稱作什麼呢？是熱情還是期待？

不知為何，張冰影突然有一種不安的感覺。她感到楊俊飛離自己越來越遠，遠到自己再也觸摸不到的高度。

楊俊飛，那個自己此生二十多年來第一個最深愛的男人，那個比自己的生命還重要的男人……

難道，自己再也掌握不到他。他，就要離自己而去了嗎？不，或許他的心裡，一直都有一個人，一個比她更早藏進去的女人。他的心，或許從沒有為自己停留過。

從沒有！

愛情之火，它就像繁榮的街道上，路人匆匆的腳步那樣。沒有人知道它何時燃起，何時熄滅。

半年後，楊俊飛滿面春風地走出實驗室。花了這麼長的時間，他總算準確地得到了突破空間臨界值的基本資料。雖然自己構想的時空隧道理論，並沒有被證實，但是借由這個理論所衍生出來的資料，卻意外地驗證了從前提出的「生命螺旋」理論的可行性。

這點成就已經足夠了。只要資料理論能夠變成現實，人類的壽命將大大地延長，甚至能令剛死亡不久的人復活。

當時，他想到的第一個人，便是張冰影，他想將自己的喜悅，和自己最愛的女人分享。只要走進一步，再走近一步，他就能實現自己的目標了，到時候，到時候，那個為自己而死的那個人，就能復活！

於是他買好戒指，向張冰影求婚了，但是就在舉行婚禮的那個下午，張冰影卻沒有出現，一直都沒有出現。

從此以後，自己這輩子最愛的女人，以及自己這輩子最好的朋友，就這樣突然從自己的生活中徹底地消失，了無蹤跡。不論他怎麼尋找，也找不出他倆的蛛絲馬跡。

然後一個月後，他收到了一封信。信是張冰影寫來的，沒有寄信人的地址，只有熟悉的筆跡寫下的短短一行字：

飛，我和陸平結婚了……

□

楊俊飛再也講不下去了，他哽咽著，神色痛苦。過了許久，才再次地平靜下來，唏噓道：「我一直在想，經歷了那麼多，其實心裡早知道，冰影的選擇沒有錯，她的直覺也沒有錯。我的心裡，確實還藏著一個人，一個女人，一個永遠也忘不掉的女人。唉！」

突然他全身一震，猛地抬頭道：「夜不語，你知道你們研究所地下室那些巨大的設備，是用來幹什麼的嗎？」

我不明白他為什麼這麼問，老實地搖頭道：「不知道。但有個傻瓜告訴我，那是用來萃取茶葉精華的東西。」

「他在放屁！」他激動地從座位上站了起來，絲毫不顧周圍異樣的眼神，像是在和誰吵架一般，大聲吼道：「我才想起來。媽的，難怪自己上次偷偷溜進去的時候，看那些儀器很眼熟，那些玩意兒，根本就是『生命螺旋』的成品。

「雖然我也是第一次見到，但是，絕對是依照『生命螺旋』理論製造出來的東西！」

「什麼？你確定！」我頓時渾身僵硬，驚訝得嘴巴也不能合攏了。

楊俊飛認真地點點頭，思忖了一會兒，像是下了什麼決定似的，將自己的目的，從一個名為紫雪的女孩，怎麼突然出現在格陵蘭的冰原上找到自己，陸平怎麼被某個神秘勢力綁架，張冰影怎麼苦苦地哀求自己接受委託……

最後自己來到了湖州，希望偷走茶聖陸羽的屍體以及棺材，好將陸平換回來。

偵探的職業操守就是保密，而他現在卻毫無保留地將自己所知道的一切都告訴了我，連同他的雇主也說了出來。

我很感動，畢竟現在我們還處於敵對立場，如果我將事情說出去，他的事業就完蛋了。

我下意識地隨意翻動手裡的雜誌，大腦卻飛速地思考著。過了許久，也毅然將自己所知道的東西都告訴了他。

雖然這傢伙看起來很討厭，不過不知道為何，我就是信任他。或許，冥冥中真的有某些東西在主宰著吧。

人一生下來，就注定了誰是你天生的朋友，誰是你天生的愛人，而誰又是你天生的敵人。這樣想來，人際關係似乎也沒有原本的那麼複雜了！

將該講的話講完，我們之間有了一段很長的沉默。兩人都在拚命地消化著從對方身上得到的資訊。

好不容易我才抬起頭，遲疑地道：「從種種情況分析來看，我原本認為窺視陸羽屍體的兩個勢力，其實，應該是一個勢力才對。」

楊俊飛苦惱地說：「應該是這樣，否則完全不能解釋，為什麼生命螺旋的儀器，會出現在皇甫三星的私人地下室裡。畢竟，知道這個理論的只有我、陸平以及張冰影三個人。據說陸平在那個神秘勢力的資助下，已經研究成功，但這樣一來，疑點就更多了！」

「沒錯。」我點點頭，皺眉道：「如果皇甫三星和你背後的勢力是一個整體，就完全說不通，為什麼他們還會脅迫你去偷陸羽的屍體。根本就是自相矛盾！」

說到這裡，我們對視一眼，同時眼前一亮，同聲道：「除非皇甫三星出於某種理由，不再受那個勢力的控制！」

楊俊飛立刻從身上抽出一張 copy 紙來，我湊過去一看，居然是皇甫三星私人地下室的地圖。他用筆將最中心的地方，畫了一個圈，說：「你看，圈裡是什麼地方？」

我驚訝得差些叫出了聲，「這不是二伯父研究陸羽屍體的研究室嗎？」

我頓時明白了什麼。

顯而易見，研究室是生命螺旋最中心的地方，而陸羽的棺材所放的地方，又是研究室的最中心。也就意味著，那地方有可能就是生命螺旋的輸出點。

果然，楊俊飛又道：「陸羽的屍體擺放的位置，就是生命螺旋的中心，就在屍體失蹤的那天，恐怕生命螺旋被啟動過。

「你們就是因為儀器產生的能量干擾，而暈了過去，大量的精神力注入陸羽的屍體裡，有可能讓他復活。這也能解釋，為什麼防盜玻璃會從裡邊被打碎！」

「不可能！一個死掉一千兩百多年的人，怎麼可能還活得過來！」我大搖其頭，雖然這番話，也曾變相地對二伯父等人說過，但是，自己其實也不怎麼相信。

楊俊飛望著我，只是淡然地道：「你要清楚，陸羽的屍體保存得非常完好，狀態也保持在剛死亡的那一刻。千年的時間，並沒有在他的身上留下任何痕跡。

「再加上那些神秘的茶葉，以及生命螺旋所輸入的能量，這麼多的不可測因素湊到一起，什麼事情都有可能發生！」

我默然，突然想到了什麼，渾身打了個激靈，急忙問道：「你剛剛說，生命螺旋計畫原本的目的，是為了穿越時空？而刺激人體只是副作用？」

「沒錯，但是想要穿越時空，需要的能量實在大得難以想像。

「而且，這也不過是個理想化的理論罷了。這世界上的人，怎麼可能真的能夠回到過去。你問這個幹嘛？」楊俊飛有些詫異。

我沉吟了很久，才道：「或許你的理論是對的，否則有一件事情，根本解釋不了！」

「你說我的理論是對的？什麼，究竟是什麼事情！」他頓時渾身一震，激動地抓住了我的胳膊，眼神也變得熾熱起來。

「其實生命螺旋儀器，在那天應該一共啟動了兩次。」我慢悠悠地答著，非常滿意地看著他臉上激動、焦急，以及不解這三種情緒混雜變幻的樣子。

「第一次啟動的時候，我們暈了過去，猜測那時候，茶聖陸羽就已經打破防盜玻璃，從棺材裡走了出來。然後不知過了多久，你這個偷雞摸狗的傢伙，好死不死地跑了進來。」我大膽地猜測道。

「只是不知道為什麼，緊接著，生命螺旋又啟動了第二次，而且這次輸出的能量，更大更猛烈，並且引起了還留在棺材裡的那些古怪茶葉的共鳴。

「你那個時候，正將頭伸進棺材裡查看，頓時被兩股強大的能量夾在中央，而且意外地進行了時空旅行。」

楊俊飛皺了皺眉頭，道：「我這個當事人，怎麼不知道？」

「不奇怪，只是你很少遇到匪夷所思的事情罷了。我早就習慣了，才會養成很好的聯想能力。」

我笑了笑，「最近看過報紙沒有，你對幾天前，普希金博物館遭盜竊，梵谷那幅『紅色葡萄園』不明原因失蹤的案子，有什麼看法？」

「不過是一件有許多疑點的普通盜竊案罷了，恐怕博物館裡有竊賊的內應。」楊俊飛不假思索地答道。

我的笑意更濃，「但有一件事情很古怪，在你逃掉後，我在你曾經躺過的地方，找到了一幅畫，剛好就是『紅色葡萄園』。

「而且，畫上邊有許多讓鑒定專家百思不得其解的地方。」

楊俊飛頓時全身僵硬，完全明白了我的意思。

他臉色蒼白，身體因為激動而微微地顫抖著。

他迅速地將那次昏迷時的所有事情，都回憶了一遍。記得那時，自己作了一個夢，非常真實的夢，而且，自己確實夢到了梵谷以及「紅色葡萄園」這幅畫，難道……

他用力地搖搖頭，深深呼吸了幾口氣，這才冷靜下來，衝著我苦笑著說：「或許那時候，我真的穿越了時空吧。唉，可惜了……」

我看著他臉上追悔莫及的表情，不知道他在可惜什麼。

短航小飛機開始盤旋，向下降去。機體在對流層中一直穩穩的落地。我突然發現自己的心臟，在猛烈地跳動不止，大腦中盤繞著強烈的興奮。

第十一章 烏鎮

烏鎮是個有著一千多年歷史的古鎮，大凡這種城鎮，往往都積累了許多的故事。這些故事綿遠而悠長，鎮裡鎮外，口耳相傳。也正是這些故事，讓我和楊俊飛十分地頭痛。原本以為到了當地，會很順利地找到一些關於清心茶樹的故事。但是打聽了整整一天，居然什麼線索也沒弄到，實在是讓人鬱悶。

烏鎮的中心被車溪河貫穿，河兩邊，一邊是遮日擋雨的廊棚，一邊是家家戶戶臨水而建的水閣。

水閣就像是伸出水面的陽台，只是下面多了幾根支撐在河底的石柱，有的歪歪斜斜的，讓人擔心會倒在河裡，卻總也不會真的倒。

我見身旁的楊俊飛臉色不好，便笑著指向那些水閣，說道：「老男人，關於這裡的水閣，據說還有一個很有趣的故事。」

他「喔」了一聲，低著頭不知在想什麼。

我也沒理他，自顧自地道：「聽說古時候，有個豆腐作坊，因為店面太小，老闆便在店後河面上蓋起水閣，但這些明顯地是『違章建築』，便遭到鎮上官員裁罰。豆腐店有一個老主顧張秀才挺身而出，打起了一回抱不平。

「張秀才氣憤地指出，這位官員為便於自家船隻停靠，加寬了碼頭，造成河道不暢，違章在前。而豆腐坊的水閣，卻建在河道最寬處，並不妨礙行船，根本就沒資格來評判。

「最後那官員，因自己這個上樑不正，此案也只好不了了之。自此後，車溪河上水閣越建越多，當年一大片的『違章建築』，居然形成今天烏鎮特有的一道美麗風景。」

楊俊飛又是「喔」了一聲，抬起頭欣賞著河岸秀麗的風景，突然指著前邊最大的一家茶館問：「那是什麼地方？」

我望了一眼，笑道：「那是訪盧閣，車溪河畔最大的茶館。很多遊人走累了，都會在這裡坐一坐，泡一杯熏豆茶或是杭白菊，味道都不錯。

「據說這個茶館，已經有一千多年的歷史了，盧閣的創始人盧同，曾在太湖茶山上救過茶聖陸羽，後來陸羽為謝盧同，帶了親手採製的清心茶來拜訪，於是得名『訪盧閣』。

「至於陸羽遇到了什麼天大的危難，盧同是如何救他，現在人都講不清，隔了一千多年了，誰還知道……」

講著講著，我的聲音越來越小，和他對視一眼，喜道：「線索恐怕就在那裡！」

楊俊飛也點點頭：「清心茶、陸羽，還有危險……這三個關鍵詞，足夠指出那個盧同的後人，應該知道些什麼。

「如果沒猜錯，陸羽就是因為發現清心茶樹才遇到危險，而碰巧被那人救了。」

我也是這麼想，三步併作兩步地和他走進了茶館裡。

訪盧閣前臨常豐街，背依車溪河，開門見橋，推窗見水，是個看風景的絕佳地方。

我和楊俊飛要了個靠窗的雅座，隨手點了兩碗特色茶，一些五香牛肉、兔肉、滷味鳳爪、醬羊肉以及烏鎮的特產姑嫂餅，仔細地打量著四周。

姑嫂餅像一枚枚象棋，香而軟，甜中帶鹹，放進嘴裡就會化掉似的，讓人異常舒服。

我漫不經心地拿起一塊姑嫂餅，衝著楊俊飛講道：「老男人，你知不知道，這個玩意兒，千年前並不叫姑嫂餅，而是一家糕餅店做的小甜酥餅，很受顧客歡迎。為了保證獨家經營，其配料和製法，只傳兒孫不傳媳婦、女兒。

「有一天女兒心生不滿，惡作劇似地偷偷往料中撒了一大把鹽，誰料這爐餅風味獨特，更加地受到歡迎。店主知道其中原委後，一改初衷，決定讓女兒和媳婦共同參與生產，最後才改名為姑嫂餅。這個烏鎮，故事真的很多。」

楊俊飛心不在焉地哼道：「故事確實很多，但是我興趣不大，還不如仔細地想想，怎麼才能見這家店的主人。」

「我早就想過了，方法其實很簡單。」我彈了個手指，叫來服務生問道：「你們的老闆，是不是盧同的後人？」

這服務生大概二十歲出頭，很水靈的女生，看到我們，臉上微微一紅道：「老闆確實常常說，自己是盧同的第不知多少代孫子，而且很得意。」

「那能不能請你們老闆過來一下？」我客氣地請求道。

女服務生點點頭，不久後，一個大約五十多歲，大腹便便，一看便覺得很有福相的男子走了過來。他穿著紅色的唐裝，但是整個人顯得非常不協調。

「兩位客人叫在下來，但有何事？」半生半熟的文言文普通話，讓人聽起來很不舒服，總覺得像個暴發戶在裝文雅。

我忍住想笑的衝動，恭維道：「常常聽說盧先生是盧同的後人，學識豐富，而且對烏鎮的歷史極為熟悉，所以，特別來請教一些問題。」

「不敢不敢！」這個盧同後人，舒服得眼睛都瞇了起來，頓時又是倒茶又是送水，將附近的奇聞逸事，統統講了一遍。

只不過，和烏鎮縣政府發的宣傳手冊上，沒有什麼大的差別，也沒有詳細多少，一看就知道是個草包。又向他詢問了一千兩百多年前，他的祖先盧同是怎麼救了茶聖陸羽的，他雖然添油加醋地說得口沫四濺，精采紛呈，但是，卻根本沒有重點。

我和楊俊飛對望一眼，失望地搖搖頭，三言兩語地將他打發走了。

我默然不語地喝著茶，許久楊俊飛才道：「那個死胖子不是真的胸無點墨、典型的白癡暴發戶，就是在和我們裝傻。」

的。」

我嘆了口氣，「就算他裝傻又能怎麼樣？我看，我們是不可能從他嘴裡知道什麼望著窗外寬五十公尺，河水洶湧，將蘇、浙兩省硬生生分開的車溪河，又道：「看來，今天我們還要勞累一番，在入夜前趕去太湖茶山。

「既然盧同是在那裡救了茶聖陸羽，那麼，那兒應該有留下什麼線索才對。」

楊俊飛思忖一下，突然笑了，道：「看來這位茶聖，果然不希望後人太容易找到那種茶樹，恐怕是對這種珍貴植物的一種保護吧。但是，又怕有緣人在需要的時候得不到，只好在書裡，將其位置描述得含含糊糊的。

「說是在烏鎮，其實是想影射盧同救他的故事，含沙射影地指出茶樹的地點是在太湖，這招實在是高。」

我陰鬱的心情，不禁也一掃而空，沒錯，以那些文人雅士以及有才之人，喜歡故弄玄虛的情況來看，這個猜測倒是非常有可能。

窗外，剛才還清朗的天空，不知什麼時候變得陰沉起來，暴雨，就要來臨了。

□

無錫太湖是個很美的地方，而茶山更是中國茶葉自古以來的基地。

其實，從那位盧同後人的身上，我們還是得到了一點線索。

至少知道了，盧同救陸羽的地方，是茶山半腰遠離旅遊區的一個小村子，這倒讓我們免了像無頭蒼蠅一般到處亂找的痛苦。

到了那個名叫白鶴的村子時，已經天黑了。這個地方明顯地不是與世隔絕，但是，村民卻給人很不友善的感覺，似乎並不歡迎遊客的到來。

好不容易才裝可憐，在一家旅館裡找到了住的地方，卻被旅店的經理再三叮囑，要我們今晚千萬不要出門，說什麼現在夜裡的治安非常不好，前晚才有人在街上被槍殺。

見他嘮叨地走遠，我關上門，問道：「老男人，你信他的話嗎？」

「絕對不信。」楊俊飛毫不猶豫地說：「不知道剛才你注意到沒有，那些村民看到我們這兩個外來人，反應很大，而且，臉上也隱隱透露出一種不安感。」

我點點頭：「當然注意到了，而且，那個經理的話裡邊也有漏洞。

「他叫我們今晚不能出門，如果是治安敗壞，為什麼是今晚？難道，今晚會發生什麼特別的事？」

我和他對視一眼，心照不宣地笑了。

夜色隨著時間的消逝，越發地濃烈。微弱的哀樂聲，從村子最大的那棟像是廟一般的房子裡，穿了出來，然後，便是一陣陣難聽的哭聲。

哭聲越來越淒涼，像是在訴說著什麼。然後，陡然地停止了，如同一個哀嚎的人，被猛地割斷了脖子。

我和楊俊飛穿著一身黑大衣，隱藏在陰暗的角落裡。

只見村人隨著哀樂的響起，都不約而同地從自己的房子裡走出來，聚集到了那棟廟宇前。廟宇裡隱約有人說著什麼，由於距離太過遙遠，實在是聽不清楚。過了大約十多分鐘左右，突然，所有人都跪倒在了地上。

「他們似乎在進行什麼儀式？」楊俊飛壓低聲音說。

我點頭，小聲道：「歷史悠久的地方，都會因為所處的地方不同，而有不同的信仰物件，宗教儀式繁衍了千年，不是那麼容易就會被時間，或者執政政府強制消除掉的。

「難怪這些村人，今天不想我們來，還有些人懷著敵意。宗教儀式一般都不能讓外人參與，甚至看到的！」

看看錶，已經是午夜十二點了。

就在這時，廟宇大門從裡邊打開來，十二個穿著紅色衣服的男人，抬著一具棺材走了出來。

那棺材並沒有蓋上蓋子，用望遠鏡看，只模糊地看到一個穿著純白色衣衫的瘦小身影。

那些男人神態莊嚴地跟在一個蒼老的老頭後邊，緩緩地抬著棺材，穿過不斷跪拜的村人，然後逕自朝村子右方走去。

我全身一顫，驚訝道：「難道，他們準備祭祀陰使？」

「祭祀陰使？什麼意思？」楊俊飛不解地望向我。

我冷哼了一聲，臉上露出一絲寒意，「這是附近的舊俗，據說人死後都有『五七』，那時候陰間使者，便會押其靈魂回陽間。亡者家中如果不大擺酒宴的話，亡者在陰間就難保平安。

「有些地方，甚至會每隔十年，將一個貌美純潔的處女獻祭給陰使，據說可以免禍消災，保村子平安。沒想到在這裡，居然也能看到。」

「居然有這種事！」楊俊飛詫異地說。

我沒有再說話，只是悄悄地跟在那些人後邊。看到他們走到一口古井前，將棺材裡的那具屍體扔了下去。

當頭的那個老人默默地念著什麼，過了許久，才緩緩地走了。四周頓時又恢復了寧靜，只有一些不知名的蟲子，聒噪地亂叫著。

我們又等了很久，確定不會再有人來後，這才從黑暗的藏身處走出來。

我望著這口古井，用手刮下井邊的一處苔蘚，道：「這口井，至少有好幾千年的歷史，你怎麼看？」

楊俊飛沒有多話，隨手將繫著繩子的水桶扔了下去，用手拉了拉，道：「總感覺答案就在下邊。這根繩子，足夠撐住兩個人的重量。」說完望向我。

我立刻做了個可憐兮兮的表情，「難道你忍心看到一個智商沒你高，應變能力沒你強，身手也沒你好的可憐未成年少年，去冒險嗎？還是您老先請，沒危險了，再叫我下去。」

楊俊飛頓時苦笑起來，道：「你小子還叫可憐的未成年少男，去他媽的，你也算的話，這個世界的人就沒法活了！」

「你到底下不下去，當心我一腳踹過去。記得，安全就學貓叫，不安全學狗叫。」我惱羞成怒，低聲罵道。

他一笑，順著繩子矯健地向下滑，過了不久，便聽到地下傳來一陣唯妙唯肖的貓叫聲，音波在井壁上迴盪，引起了一連串的重迭音符。我差點笑出聲來，也順著繩子爬了下去。

井很深，大概有二十幾公尺，摸到水桶的時候，我也踩到了井底。

井水很淺，只到我的膝蓋，透過腿部，我清晰地發現，井水竟然在向左邊流動。奇怪了，難道這裡有一條地河？左邊，一團光圈由遠向近移動過來。我暗自戒備，卻聽到一絲熟悉的聲音，是楊俊飛。他低沉的聲音，在這個地底世界聽起來非常怪異。

「小夜，我發現了一條隧道，快過來。」

推開手電筒，我這才發現，剛剛那些村人丟進井裡的屍體沒了蹤跡，看來是隨著流動的水漂走了，當下也緩緩地向楊俊飛的聲音方向走過去。

透過井壁狹窄的隧道，走了大概十多分鐘的樣子，突然眼前豁然開朗，一個空曠的洞穴出現在眼前，右邊方向，被砂子堆出了一個天然的平台。

只見楊俊飛正站在平台的正中央，拿著手電筒，瞠目結舌地望著眼前一株反射著微微熒綠光芒的植物發呆。

我頓時也呆住了，過了許久，才嘆口氣道：「直到剛才我才想起，這個叫白鶴的村子，可是國內知名的長壽村。

「村裡有許多人，不論是不是酗酒，抽煙，暴飲暴食，大多都能活到一百歲以上，難怪了……」

楊俊飛略微動了動僵硬的全身，艱難地說道：「想來這棵植物，在水裡融入了某種物質，能夠促進人類的新陳代謝，減緩衰老，而村民把這當成了神跡，每隔幾年，都會將一個死掉的人當作祭品，扔進井裡，以求能夠令自己更長壽。

「而這植物，也順便將人的屍體當作了養料。上帝，它為什麼可以長在見不到陽光的地方？明明也是葉綠植物，難道，它不需要陽光進行光合作用？」

他轉過頭看了我一眼，「小夜，這就是你提到的清心茶樹？」

我仔細地打量著這株植物的葉子，點頭道：「不錯。沒想到，它居然生長在這種地方，真不知道那位茶聖，是怎麼發現的！」

「我們不也發現了？」楊俊飛得意地衝著我眨眨眼睛，「不多說了。趕快去採茶葉，看葉子就覺得青翠欲滴，清新脫俗，味道一定很好。」

我沒好氣地瞪了他一眼，「你真敢喝下去，我絕對不會攔你，張克那個植物人的榜樣，我還是記得很清楚的。」

突然感覺四周，猛地充滿了壓抑感，全身像是被天敵盯著一般，僵硬得再也不能動彈半分。對面的楊俊飛，似乎也不比我好多少，他滿臉的驚恐，冷汗不住地從蒼白的臉上流下來。

一個黑色的身影，負著雙手，走到清心茶樹前，仔細地打量著，悠閒得就像走在自家的後花園裡。

「你是誰？」我大聲地喊道，但聲音穿過喉嚨，卻莫名其妙地變得溫柔起來。那黑影彷彿完全沒有聽到，依然一動不動地站著，背對著我們。

「陸平！你是陸平！」心裡沒來由地冒出一種預感，我脫口而出。

終於，那黑影的肩膀微微地顫動了一下，一個悅耳年輕、但是卻充滿了滄桑的男子聲音，響了起來，「夜不語，沒想到你比我想像的更聰明，沒錯，有資格和我作對！」

「你是上次那個在古董市場，和紫雪在一起的男人！」楊俊飛想起了什麼，大聲地問道：「是你綁架的陸平？他現在怎麼樣了？」

那個陸平奇怪地「咦」了一聲，冷淡地說：「他不是奪你妻子的仇人嗎？你關心他幹嘛？」

楊俊飛臉上閃過一絲古怪，怒道：「不用你管，我答應過要把他帶回去，這是交易！到時候，我好心安理得地領我的報酬！」

陸平又發出了悅耳的笑聲，只是那種笑聲聽在耳裡，非常地諷刺，「別擔心，我只是把他請過去做研究罷了。那樣的人才，我可捨不得殺掉，畢竟，我還要靠他讓生命螺旋裝置更完美。」

我狠狠地瞪著陸平的背影，咬牙切齒地問：「其實，皇甫三星也是你手中的勢力之一？

「繞了那麼大的圈子，綁架陸平、逼迫楊俊飛到湖州偷陸羽的屍體，甚至那本《茶經》原本，應該也是你故意留下的線索，讓它落到我手裡，最終的目標，你就是為了得到這些茶葉。」

「你很聰明，全被你猜到了。」陸平的聲音如古井無波，似乎沒有一絲漣漪，「世界上頂尖的偵探，加上聰明絕頂的你，我相信應該能找到，我找了幾十年也沒有找到的東西。你們不會讓我失望。」

「那你為什麼讓皇甫三星贊助二伯父，挖掘陸羽的墳墓？難道也是為了引出我？還是為了棺材裡的那些清心茶葉？」我不服氣地說。

陸平搖了搖頭，道：「我確實很想得到陸羽的屍體，因為他體內有清心茶樹的種子。

「至於棺材裡的茶葉，它們早就被陸羽的記憶污染，雖然蘊藏了很大的能量，但是有害無益，對我沒有絲毫的用處。」

我猛地想起了湖州市區裡，那一連串的古怪兇殺案件，心裡一寒，「死去的那些人，是你派人殺的？」

「沒錯，為了播種。」清淡的話語，就像在說什麼微不足道的東西。

我聽得憤然大笑了幾聲，差點氣得吐血，「播種，說得真貼切。那可是人命！」

「別人的命，關我什麼事！」話語十分地理所當然。

「理由呢？你為什麼這麼做？」我大叫著。

「理由你不是十分清楚嗎？」

「真的是為了長尾郁子？」

偌大的空間裡一陣沉默，許久，陸平才嘆了口氣，道：「時間差不多了，為了獎勵你。我順便告訴你，怎麼救張克。

「我留下了一片清心茶葉，他吃了，就會清醒過來。不過他的大腦，已經遭到陸羽記憶的污染，恐怕醒來後，什麼都記不得了……」

這句話過後，四周又是一陣沉默。突然我渾身顫抖了一下，使不上一絲力氣，似乎全身上下所有的肌肉都麻木了一般，無力地跪倒在地上。

手中，只有一片翠綠色的葉子，在手電筒的照耀中，反射著如夢似幻的光芒，提醒著我，這，並不是一場噩夢……

尾聲

崔淼兒的墳墓，沒多久便被挖了出來。

不知為何，皇甫三星莫名其妙地非常激動。

他透過各種管道，總算讓國家答應將他們倆的屍體合葬在一起，鄭重地再次埋回了地底深處。

這一對生前不能結為連理的愛人，終於在一千兩百多年後，永遠地廝守在了一起。

而楊俊飛在回到湖州的第二天，便不辭而別，默默離開了。

飛越了七千七百二十三公里的距離，來到加拿大，那棟造型別致的古堡裡。

「他睡了？」楊俊飛問。

張冰影點點頭，「對，睡得很熟。這幾年來，他實在太累了。」

她看著這個從前最愛的男人，輕聲說道：「我們現在就走，好嗎？」

「怎麼？妳害怕跟他挑明？」

「對！我害怕，怕得要死。我實在沒有勇氣對他說，我要永遠離開他！」張冰影神色黯然地承認道。

「那好吧。」楊俊飛出奇地沒有反對，和她向古堡大門走去。突然他停住腳步，回頭問道：「那個故事的結局，妳還記得嗎？」

「當然。最後，醫生治好了他的前妻的丈夫的病，並……」

張冰影緊張起來，她難以置信地望著他，激動著，顫抖著喃喃道：「難道你！你要！」

楊俊飛淡淡地笑了，「誠如妳想的那樣，我可不要一個永遠都不會忠於自己的女人，像個累贅似地待在身邊。妳，還是滾回陸平那王八蛋的身邊吧！」

他跨出了古堡的門，心裡苦澀的感覺卻久久不散。看來，自己又做了件多餘的傻事了！楊俊飛無奈地想。

「喂。對不起！」張冰影突然大聲喊道：「有一件事，我必須告訴你。

「其實，其實是我故意把巴德尼洛錯倒給你的！因為我知道，就算這件事掩蓋得再天衣無縫，你終究還是會知道要救的人是平的！」

「王，王八蛋！」楊俊飛抱著頭，暴怒地大吼起來，「女人！讓所有聰明的女人，都見鬼去吧！」

他的嘴角，卻露出了一絲少有的爽朗笑意。

那麼多年的心結，總算解開了。

地球的另一端。

吃了清心茶葉的張克，在四天後醒來，只是，已經失去了所有的記憶。

出院後，這傻瓜提著行李走出大樓，卻呆呆地一步也不願走了。

眼前，有個很美的女人，沒見過，但不知為何，卻有一種莫名的熟悉感覺。

「我們，從前見過嗎？」他遲疑地問道。

「見過，還很熟。」那女人突然哭了，淚水不斷地從美麗的雙眼中湧出，晶瑩剔透，滑過那絕美的臉頰。

張克覺得自己的心臟，猛地刺痛了起來，他的雙手不由自主地捧著她的臉龐，溫柔地為她拭去淚水。

「雖然不知道妳是誰。」張克喃喃道：「但是，我就是莫名其妙地想讚美上帝，他恐怕聽到了我的聲音。」

女人依然哭著，靠在他肩膀上，像是在發洩某種情緒。

張克又愣住了：「以前，我們真的認識？而且真的很熟？」

「傻瓜！」

陽光刺穿了厚厚的雲層，連綿的雨季，終於過去了……

※關於陸平的故事，請參閱《夜不語詭秘檔案103：陰靈蘋果》、《夜不語詭秘檔案105：黑匣子》。

番外・同學會（中）

1

夜不語幾人左等右等，也不見周陽和孫輝回來。穆薇找來服務生，進男廁找了一圈，結果什麼都沒找到。打兩人的電話，一直都在通話中。她微微摸了摸臉頰，疑惑道：「他們是不是先回去了？」

「問問門口的門僮，看有沒有兩個男子出去過？」夜不語看了她一眼。

穆薇無奈的搖頭，「沒用的，現在都已經十一點了。我們餐廳九點半就休息了，門僮九點五十下班。周陽兩人如果真走了，沒人會知道。」

「很晚了，我們乾脆先散了，回去吧。如果真有問題，到時候再聯絡。」李燦拍了拍趙穎的手，體貼地補充：「小穎最近有些不舒服。」

「該不會是有了吧？」趙瑩瑩八卦地問。

「怎麼可能，我才剛滿二十二呢！」趙穎連忙擺手。

「切。」八卦頓時熄滅的胖女孩十分失望。

穆薇環顧大家後，也覺得太晚了，於是點點頭，「我們最近多聯絡，有什麼怪事發生，立刻通知大家。我眼皮跳得嚴重，恐怕真的會有危險。」

剩下的五人點頭後，陸續離開了。夜不語坐上租來的車準備走人，穆薇穿著單薄的裙子，披著一件小風衣，站在街邊看他。女孩猶豫了許久，最終叫住了他，「小夜，你要回春城的家？」

夜不語搖頭，「我在附近訂了酒店。家裡又大又空，有些不習慣。」

「都回老家了，居然還住酒店，我真是服了你。」穆薇捂嘴輕笑，臉上微微泛紅，「要不，要不，去我家住吧？」

他愣了愣。

女孩急忙補充，「別想歪了，我也是一個人住，最近又被嚇得有些神經衰弱，實在是怕了。多個人，也好有個照應！」

夜不語壓低眼瞼，思索了片刻，終究還是點了頭。確實，穆薇的精神狀況有些糟糕，作為小學的同桌、朋友，能陪陪她幫幫她，也是應該的！

女孩見他點頭，漂亮的容顏上瞬間流瀉出亮麗的神采，猶如曇花在一霎開放，昏暗的街道也被她的笑容渲染得光耀奪目。

夜不語微微愣神，隨後輕笑著，熄火下車，緊跟在女孩婀娜的身姿後離開了。

而李燦和趙穎搭著地鐵回了租住屋，洗漱後便滾到床上相擁而眠。因為今晚在會議室的那席話，兩人稍微討論後，很是驚疑不定、半信半疑，但終歸是不相信的成分居多。

談論來討論去，不知何時睡著的，也不知道睡了多久，李燦突然被一聲刺耳的尖叫驚醒。

心臟狂跳個不停。

他撐起身體，將睡意甩開，努力辨識尖叫聲的來源。可腦袋清醒後，卻發現整個房間都在寂靜裡，哪來的什麼尖叫？這令他不禁懷疑起自己究竟是不是在作夢。可那尖叫聲依舊縈繞在耳邊，讓李燦一閉眼就不斷地回憶起那聲尖叫。

突然，有股奇怪的聲音猛地傳入了他的耳中。

那怪聲很細微，像是女人的尖叫，又像是無數蟲子搧動翅膀的高頻音，難以描述。李燦下意識地轉頭，只見一群黑色物體發出尖銳的聲音在床邊上四處亂飛，他嚇得連滾帶爬的跑到門邊去按電燈開關。

明亮的光芒瞬間充斥整間臥室，那群黑色生物很快就飛得無影無蹤，李燦眨巴著眼睛，隱約覺得那是一群蒼蠅。可房間空蕩蕩的，房門還關著，哪來的蒼蠅？何況，已經二月多了，春城仍舊是冬季，蒼蠅還沒溫暖到醒過來。退一萬步，就算真有蒼蠅，可那群蒼蠅，又躲進了哪？

出租屋的臥室裡只有兩件家具，雙人床和簡陋的梳妝台。李燦趴到地上看了看，床下沒有。抽開梳妝台的抽屜，依然沒有。

他的動作將趙穎吵醒了，女孩揉了揉眼睛問：「怎麼了？」

「剛剛有些古怪。」李燦越想越不對勁兒。

「怎麼就古怪了？」趙穎咕噥著撐起身體，抬頭望著燈光照亮的狹小空間，頭頂的燈照射到李燦身上，女孩不由得被嚇得驚叫起來：「你，你怎麼回事？」

「什麼怎麼回事？」李燦疑惑地問。

「你自己看。」趙穎用驚恐的眼神看著他，手不停地發抖。好不容易才摸到化妝鏡。

李燦接過鏡子只看了一眼，整個人都呆住了。只見他裸露在外的皮膚上，甚至是臉上，都出現了許多紅色的小點，密密麻麻。

「這，這是怎麼回事？」李燦也被嚇住了。

趙穎連忙穿衣服，「走，我馬上帶你去醫院看看。」

李燦看著自己滿身的紅點，不由得有些毛骨悚然。他隱約記得那群蒼蠅，可是蒼蠅，會咬人嗎？從沒聽說過！

凌晨四點半，兩人趕到醫院掛急診。值班醫生看了李燦身上的紅點，也有些摸不著頭腦。他一邊搖頭，一邊摸著鬍子，「這是過敏。怪了，我從業四十五年了，還從沒見過冬天又被蚊蟲咬過敏，而且過敏成這樣的。」

醫生開了抗過敏的藥，就打發他們回去說，如果沒效果再來。兩人到了家，翻來覆去，怎麼都睡不著。

李燦總覺得身體有些不舒服。本以為是心理原因，但等到第二天，擦了藥膏後，身上的紅點不但沒有收斂，甚至還變多了幾個。趙穎要他請假再去醫院一次，他去了，但是醫生檢查後仍舊判斷為過敏，也沒有發現什麼特別的地方，又開了一些抗生素給他擦。

下午，他覺得肚子裡似乎有什麼東西在不停蠕動，彷彿有許多蟲子將自己的身體當成了游泳池。放不下心的他連忙到醫院去做了一次彩色超音波，還是什麼異常也沒有發現。

他這才放心不少，一邊在皮膚上擦皮膏，還跟趙穎討論，過幾天一定要換房子。這地方不乾淨，有蟲子。

第三天，早晨剛起床，趙穎被李燦的模樣嚇了一跳。

只見本來還集中在手臂和脖子上的紅點，居然已經蔓延到了臉部皮膚上。密密麻麻的彷彿被蟲子咬過，甚至有些地方變得凹凸不平。李燦頓時更害怕了，他覺得自己的病越變越嚴重。

醫生對他皮膚的變化也很吃驚，幫他抽了血，又作細菌培養，準備仔細看看是否有病變因素。

「怪可怕的。」晚上，趙穎吃飯時看了他的臉一眼，忍不住用纖細的手指戳了戳他的皮膚，問：「痛不痛？」

「不痛。」李燦搖頭。他的皮膚不但不痛，今天甚至有些麻木，感覺神經也不太靈敏了。

趙穎嘆了口氣，「醫生怎麼說？」

「也就是些陳腔濫調，檢查不到問題，要我掛皮膚科。連續換了幾個醫生，那些傢伙都說活了幾十年了，還是第一次遇到我這種情況，怪得很。」李燦有些無奈。

吃完晚飯在客廳裡看了一會兒電視，李燦突然腦袋一片空白，心裡湧出一種躁動，那躁動像是嚴重失水的乾渴感，隨著時間推移，迅速地增強著。他來到廚房倒了滿滿一杯水喝下去，乾渴感稍微紓解了一些。於是他不停地倒水喝水，直到一整台飲水機的水被他喝完，他才停住。

2

趙穎被他的怪異行為嚇住了。

「要不，明天你再去看看醫生。總覺得你不正常！」她小心翼翼地建議。

李燦撓了撓頭，「知道了，先等細胞培養的結果出來後再說。」

「可是我怕……」

「怕什麼，我命大，死不了。」他的心癢得厲害，心臟跳動速度毫無規律的時快時慢。心情不由得煩躁起來，扯過被子罩在身上，「走，去睡吧。」

趙穎嘆了口氣，跟他走進了臥室。

一整晚，李燦都睡不踏實。他老是聽到耳邊有昆蟲搧翅膀的聲音，是蒼蠅！該死的蒼蠅！

但每次開燈在房間裡找，卻什麼東西也找不到。但是只要他半夢半醒，搧翅膀聲就肯定會響起。他實在受不了了，跑到浴室去沖了個冷水澡。

擦乾身體，卻聽見臥室裡傳來了奇怪的聲響。李燦躡手躡腳地走過去，用耳朵貼著房門仔細聽，趙穎似乎在說夢話。不斷重複著「蟲子」什麼的詞彙。李燦打開門摸了摸女友的頭，不斷嘆氣。

時間緩緩流動，如同一杯沒有味道的水。那晚李燦感覺自己的人生越來越難熬了，身上未知的病隨著時鐘的順時針運動逐漸惡化，一大早他就班也不上，果斷地到了醫院。就連醫生也不得不承認，病情確實在惡化。紅色小點蔓延到了所有皮膚上，就連腳底板和腋窩也沒有逃脫。現在他已經完全不敢再出門了。不要說去公司，就算只要一離開家，別人都會對他指指點點，像是躲瘟神般離他遠遠的。

回家後，他的脾氣變得越來越暴躁。不安和驚慌的情緒蔓延在家中，感染了女友。趙穎的精神最近也有些恍惚，她有時候會莫名其妙的頭暈噁心，肚子也稍微脹大了一些。

「我可能懷孕了。」一天晚上，趙穎突然這麼說。

李燦皺眉，「怎麼可能，我們一直都有避孕的。」

「我也不確定。」趙穎猜測道，「但最近噁心得厲害，而且肚裡老是有什麼東西發出破裂腐化的聲音。」

「用了驗孕棒沒有？」

「用了，但只有一條線。」趙穎很有些愁眉不展。「如果不是懷孕的話，那我究竟是怎麼了？」

「算了，別想太多。」李燦沒太在意，他一寸一寸地仔細在皮膚上擦藥膏，雖然完全沒用，但他還能怎麼辦？什麼都不幹的話，他或許會瘋掉。現在的他，就連照鏡子的勇氣也失去了。

趙穎沒再說話，家中怪異的氣氛感染著兩人。安靜地吃完飯，大家各幹各的，早早上床睡覺。

就在那晚，凌晨，李燦突然痛醒過來，他使勁兒地拽著趙穎的手。打開燈，女友被他的臉嚇壞了。只見他滿臉慘白，冷汗像是自來水般往外流。李燦的表情扭曲，打濕的頭髮死死貼在臉頰上，額頭居然因為超高的體溫而散發出白色的水蒸氣。

趙穎輕輕摸了摸他的額頭，燙得可怕。

「你忍一忍，我馬上打電話叫救護車。」女友全身都在發抖，用顫抖的手撥了幾次才撥對號碼。救護車很快就到了，趙穎跟去醫院，嘴裡不斷喃喃說：「怎麼回事？怎麼回事？」

醫院幫李燦做了檢查，卻沒有找到病因。但是李燦的病情嚴重惡化，身上的溫度居然超過了四十五度。這簡直是難以置信，在場所有醫生都清楚，如果持續發燒，哪怕溫度只有三十九度，都會致死。更不要說發燒發到四十五度了。沒人遇過這種情況。

「自從四天前的晚上他就一直不對勁兒，身上長了很多紅點。」趙穎抓著醫生，哭道。李燦身上的紅點，現在已經擴散成了一種發灰的斑，一片一片，悚人得很。

「先去照個核磁共振吧。」

可是無論如何都找不到病因，結果顯示他的身體非常健康。

醫生也無能為力，趙穎突然想到了幾天前的同學會。穆薇曾說有怪事發生，就跟她聯絡。怪事，這還能不算怪事嗎？

難道，真的有可怕的事情因為小學時那個連名字都想不起來的社團活動，而在潛伏了十年後，像噬人的惡魔般從地獄爬了出來？

趙穎顫抖著掏出電話，撥通了穆薇的號碼。

半個小時後，夜不語和穆薇，急忙趕到了醫院裡。

穆薇捂著嘴，看到病床上李燦的慘樣，身體不停地發抖。她喃喃低語道：「怎麼會變這樣，才隔了四天而已。」

夜不語打量著李燦的慘像，皺著眉頭，他總覺得他身上那些灰色的斑點有些眼熟。斑點一片一片，仿佛印在皮膚上，又像是一種色素沉澱，非常噁心。

「我完全不知道該怎麼辦了，醫生根本就沒用。除了判斷出沒有傳染性以外，就完全沒辦法。」趙穎哭著：「他們說找不出病因，還建議我們轉院。」

「我就知道，我就知道，果然是有一股超自然的力量在逼向我們。」穆薇使勁朝夜不語靠了靠，似乎覺得很冷。

夜不語則一眨不眨地看著李燦體表皮膚發呆，聰穎的大腦不斷運轉，思索著究竟是怎麼回事，那斑點，怎麼越看越眼熟！

又過不久，趙瑩瑩和李華也趕到了。他們見到病人後嚇了一跳，胖胖的趙瑩瑩捂住眼睛就反應過度的暈倒了，矯情地像是患有極端富貴病。

穆薇又是掐人中，又是替她搧風，好不容易才將她弄醒。趙瑩瑩醒來後第一件事就是「哇」的放聲大哭，哭得那叫一個淒慘。

「別怕，瑩瑩，別怕。」穆薇拍著她的背，深有同感。從來都很堅強的她都有想哭的衝動，何況是這位沒經歷過太多的女孩呢？

一旁的周穎見從小到大交往了十年的男友變得慘不忍睹昏迷不醒，感染到悲傷氣氛，哭得更傷心了。小小的病房裡充斥著兩個人的哭聲，令屋裡其餘人心煩意亂。

夜不語一拍腦袋，驚悚地叫了起來，「我總算想起李燦身上的是什麼了！」

「真的？」眾人朝他望來。

「沒錯。」他艱難地吞下一口唾液，深吸了幾口氣，才擠出了三個字，「是屍斑！」

話一出口，所有人都驚呆了。

「怎麼可能，我雖然沒見識，也知道屍斑是長在死人身上的！」李華尖聲叫道：「活人怎麼可能長屍斑？」

「這確確實實是屍斑。」夜不語嘆了口氣，他的經歷很豐富，經常會遇到屍體和死亡，所以能準確判斷出屍斑，錯誤的可能性非常小。

「屍斑，我記得一部叫 CIA 的美劇裡曾經解釋過，是由於人死後血液循環停止，心血管內的血液缺乏動力而沿著血管網墜積於屍體低下部位，屍體高位血管空虛、屍體低下位血管充血的結果。屍體低下部位的毛細血管及小靜脈內充滿血液，透過皮膚呈現出來的暗紅色到暗紫紅色。」穆薇也懷疑道：「可李燦一沒有死；二，斑點呈灰色。怎麼可能是屍斑？」

「妳說得沒錯。可我也沒錯。就因為他身上的斑點是灰褐色，所以我才遲疑了很久。」夜不語淡淡說：「有一種情況，屍體上會呈現這種屍斑。那就是當一個人生前氯酸鉀或亞硝鹽中毒時，因形成高鐵血紅蛋白，屍斑就會變成灰褐色。」

周穎搖頭道：「我確定小燦絕對沒有接觸過氯酸鉀或者亞硝鹽。我們吃住都在一起，要中毒早就一起中了！」

「事情沒那麼簡單。」夜不語搖頭，「我現在相信，確實有人或者有東西在暗中搞鬼。穆薇的第六感沒錯。大家，都有生命危險。」

趙瑩瑩反駁，「別那麼武斷，不過是意外罷了。我才不信真有什麼東西想要暗殺我們。」

「可有些東西確實無法解釋。」夜不語望向窗外，黑色的夜彌漫著一股刺骨的陰冷，帶著致命的壓抑氣息。黑暗中，像是真有什麼東西在窺視著屋裡所有人，「同一所小學社團裡的夥伴，徐正、周嫦、王彪在最近死了。周陽和孫輝，你們知道他們怎樣了嗎？」

李華等人一愣，搖頭道：「他們也出了事？」

「我不知道。」他說：「我很在意，所以稍微調查了他們的行蹤。可是他們人居然失蹤了，該上班的沒去上班，該上學的沒去上學。就連家人，也不清楚他們去了哪。失蹤的時間，正是同學會那晚，周陽和孫輝去廁所的那刻。」

夜不語的視線最後落在了李燦的身上，「現在又加上了一個生死不明，還活著卻長滿屍斑的活死人。還有什麼狀況比現在更糟糕呢。」

社團十一人，已經死了三個，兩人失蹤，一人瀕死。剩下五人，隨時都在危險中沉浮，不知何時黑暗中的那隻手，就會伸出來！

該死，小學時，那段遺忘的記憶，究竟是什麼？

這，才是大家能否活下去的關鍵！

「周嫦死前，還跟我聯絡過呢。」從醫院回家的路上，穆薇一個勁兒喃喃說道。她回憶著那個一心想要去國外找自己父親的女孩，不斷地嘆氣，「她那麼堅持執著，怎麼會一說自殺，就乾乾脆脆地死掉了。現在李燦又變得人不人鬼不鬼的，不知道什麼時候才會醒來。小夜，你說，下一個，會是誰？」

「五分之一的機率，我們誰都有可能。」夜不語聳了聳肩。

將女孩送回家後，他便馬不停蹄透過熟悉的員警朋友，拿到了前幾個死者的死亡檔案。徐正和王彪的死因很清楚，也很怪異。夜不語看了徐正死前監視器拍到的畫面，頓時倒吸了口涼氣。大年夜剛過，徐正在廣場上，在眾目睽睽下被一個看不見的東西又踢又踹。屍檢結果顯示，他的死因是嚴重內出血。體表的咬痕，更像是洩憤，在咬屍體。

王彪的車禍，除了他精神恍惚，模樣驚惶失措外，就沒什麼值得描述的了。

但最奇怪的反而是周嫦的死亡。調閱了她所租住社區附近的監視器畫面，能看到女孩在街頭，突然發現了什麼，然後蹲下，像是在和誰說話，接著伸出手將什麼扶了起來。可是畫面中什麼也沒看到。受害者撫摸著空氣，然後將那團看不到的東西抱了起來，往前走。

影片中的她最後消失在盡頭，順利回家。然後女孩就再也沒能出來，永遠躺在了冰冷的地板上，燒炭自殺了。可，她真的是自殺嗎？

夜不語微微搖頭，一天時間很快就在調查中度過，仍舊是一無所獲。晚上，他約了春城的好友在街邊吃大排檔。好友在警局當差，曾經是表哥的下屬。幾杯黃湯下肚後，這傢伙就不斷地唉聲嘆氣。

「怎麼了，壓力大？」夜不語隨口問。

「是啊，最近壓力太大，我都快要壯年謝頂了。」好友一口悶了一杯白酒。

「有什麼大事嗎？」夜不語陪了一杯。

「我們局裡懷疑有個連環殺手利用某種神秘手段殺人。兇手老是抓不到，又沒有太多作案線索。現在來看應該是隨機犯罪，還不知道究竟會死多少人。」好友苦笑，「上邊每天都在催，這些坐辦公室的傢伙根本就沒把我們當人看。上下嘴皮一動，好像案子就能破了。切，哪有那麼簡單！」

夜不語心裡一動，突然道：「那案子很詭異？」

「不是很詭異，是太詭異了。我至今都完全沒頭緒。現場找不到犯人的任何蹤跡，全城的監視器畫面都沒有他的犯案紀錄。一個車禍，一個燒炭自殺，一個嚴重內傷。如果不是法醫鑒定，三個受害者身上都有咬痕，而且出於同一個人的話，局裡早就當意外處理了。」好友看了看四周，小聲道：「說不定這個案子，不是人類所為呢。搞不好要不了多久，便會歸入警局的懸案，沒人去管。」

「不是人類所為？你個法律執行者，堂堂科學光環照耀著的孩子，居然會迷信。」夜不語撇撇嘴，腦子卻飛速運作。這三個人，像是在說徐正等人。他們的死亡難道進入了警方視線，引起了注意？果然，這三人的死，透著看不清的迷霧。

「這世界有太多科學解釋不了的東西了。」好友乾笑兩聲，「這不是你的口頭禪嗎？」

夜不語撓了撓頭，「對了，前幾天不是死了一個叫周嫦的女孩嗎？」

「對，是有一個。你問她幹嘛？」好友奇怪道。

「她跟我是小學同學。不知為何，我對她的死老是有些在意。」夜不語皺了皺眉，周嫦的死太古怪了。她死的那晚究竟在黑夜的路燈下看到了什麼？她扶起了什麼？將什麼帶回了家？那看不見的東西，會不會真是她死亡的真正原因？

「她死得很慘嗎？」

「她居然是你的同學。」好友有些驚訝，他小心翼翼地左右掃了幾眼，確定沒問題後才壓低聲音說：「我跟你透個底，你別拿出去亂說。這女孩絕對不是自殺。她死得很慘，不是一般的慘。在一氧化碳中毒前，就已經死掉了。半邊臉都被啃乾淨了。眼珠子也被掏空，只剩下黑洞洞的眼眶。法醫說，她應該是晚上九點半到十點左右死掉的。」

「你說，那個周嫦，是不是已經預料到自己要死了？」夜不語又問。

「應該不是。她受到的襲擊很突然，臉上的表情全是恐懼。」好友搖頭，「像臨死前看到了世上最恐怖的事物。那堆炭，也不知道從哪兒搞來的。與其說想要自殺，更不如說她想要驅趕房裡的某些東西！」

夜不語不由得將眉頭皺得更緊，「我也覺得很蹊蹺！」

話音剛落，他突然全身都打了個冷顫，一個恐怖的想法湧上了心頭。來不及跟好友打招呼，他整個人竄了出去。一邊拚命地跑，一邊掏出電話，撥了穆薇的號碼。

「夜不語，」電話那頭，一個清麗的聲音傳了過來，「你不是在陪朋友嗎，聚會完了？」

聽到熟悉的話語，夜不語緊張的心稍微鬆了一點。他用急促的語氣問：「小薇，妳說周嫦死前最後一次跟妳通話，是什麼時候？」

「就是她死的那天啊。」穆薇不明所以。

「是幾點？」

穆薇偏著頭，調出通話記錄看了看，「晚上十點四十五。你問這個幹嘛？」

聽完這句話，夜不語倒吸了一口涼氣，「聽著，妳家裡現在有幾個人？」

「就我一個。」穆薇補充道：「傭人已經回去了。」

夜不語看了看時間，晚上十一點一刻，「聽我說，現在妳什麼都別管，衣服也不要換。儘量悄悄地出門，跑到人多的地方去待著，我馬上過去找妳。」

「怎麼了？」穆薇十分迷惑。

「別問那麼多，聽我的話，乖。快一點！」夜不語的語氣非常焦急。

「行！」穆薇一愣，然後立刻開始穿衣服穿鞋，「怎麼了？」

夜不語吼道：「剛剛我朋友偶然提及，周嫦的死亡時間是九點到十點之間。她卻是在十點四十五打電話給妳。妳仔細想清楚，已經死了接近一個小時的人，怎麼可能打電話給妳？」

「啊！」穆薇完全驚呆了，腦袋頓時陷入混亂。死人，居然打了電話給自己。這是怎麼回事？

模糊中，夜不語的聲音又傳了過來，「死人絕對不會打電話。能打電話的都是活人，又或者某些東西藉著她的電話傳遞資訊給妳。我覺得，如果真有暗中的手在操控這一切，它下一個找的恐怕就是妳。否則，為什麼偏偏打電話給妳？妳們十年沒見，她哪裡找到妳電話號碼的？」

還沒等話音落下，穆薇突然感覺背脊一陣陣發寒。冷汗從脖子處不斷往外冒，毛骨悚然的感覺不知不覺已經從腳踝爬上了背脊。

手機因為恐懼而滑落在地上。

穆薇猛地回頭，驚悚地發現自己養在家裡剛才還在沙發上懶散的打哈欠的吉娃娃突然對著窗戶死角的黑暗汪汪大叫。那裡黑得一塌糊塗，就連燈光也照射不進去。

有什麼東西，就在那兒躲藏著。那團黑暗，猶如地獄裡流出的空氣，輻射著刺痛骨髓的冷。

女孩抹掉額頭的冷汗，默不作聲地脫掉拖鞋，光著腳小心翼翼地朝著屋子的大門摸去。

一步又一步，小心又小心。正當她的手摸到冷冰冰的門把，就要扭開大門時。突然，一股掠食動物的視線緊緊地籠罩了她。

穆薇的笑容難看得要死，她僵硬地扭過頭去。昏暗燈光下，房裡的許多家居擺設都看不清楚。可她卻清晰地看到那團黑影，已經不知何時移動到了門前，就在和她近在咫尺的位置。

她甚至能感到那團黑影赤裸裸的陰森和殘忍。

這絕對不是生物該有的眼神！

這究竟是什麼東西？

穆薇拚命地不斷命令自己冷靜，她內心恐懼得要命，猛地向後退了幾步，然後拚命繞過黑影握住門把手，拚命想要逃出去。

可是已經晚了，那團黑影摸到了她的肩膀。頓時，女孩的心沉到了冰窖中，只感覺眼睛一花，身體一會兒炎熱一會兒極寒，比世上最殘忍的酷刑更令人痛苦、難以忍受。

那黑影咧開血盆大口，朝她咬了過來！

夜不語跑得飛快，幸好吃宵夜的地方離穆薇的住處不遠。穆薇的手機剛才突然掛斷，然後再也沒人接聽。這令他覺得事態不妙，不祥的預感籠罩了全身。

不知道花了多長時間，或許是幾分鐘，或許是幾輩子。總之他連滾帶爬的跑入社區，坐上電梯時，臉色已經發青了。

夜不語在身上摸索了一番，站在電梯監視器的死角，這才將藏在隱蔽處的槍掏了出來。他喜歡冒險，有冒險自然不乏危險。槍械這種人類最有效的武器是他所在偵探社的標配，雖然很多時候都派不上用場，可，至少能夠壯膽。

電梯門發出「叮咚」一聲，朝著左右兩邊分開。夜不語瞬間竄出去，雙手緊緊地握著槍柄。穆薇住在十七樓，一層四戶共用兩台電梯。電梯正對面的屋門敞開著，穆薇就倒在地板上，屋內的燈光照耀在她身上，不知死活。

他小心翼翼地靠過去，眼睛警戒地打量著四周。附近並沒有襲擊者的身影，也找不出任何古怪的跡象。可是看不見，並不代表沒危險。夜不語感覺自己握著槍的手不斷在流汗，他彷彿花了一千年才走到穆薇身旁，略一思考後，蹲下。

穆薇並沒有受傷，如花似玉的漂亮臉蛋光滑可人，也沒被撕咬過的痕跡。但是卻偏偏昏迷不醒。天花板上 LED 燈的光芒蒼白無力，周圍總是充斥著一股若有若無的壓抑感。

夜不語自從走出電梯後就感到一陣陣的毛骨悚然。他後背上凝聚著一股視線，一股不知道哪裡傳來的視線。彷彿掠食動物，夜不語覺得自己在那股視線下，變成了任人宰割的食物鏈底層生物。

就在這時，臉側莫名其妙的感覺到一股風吹過。這令他惶然站起。大樓裡的窗戶密閉著，哪裡來的風？他的眼珠子不斷地轉動，突然，注意到了自己的腳底。

腳下踩著一團黑漆漆的影子，黑得就連光線都難以逃脫。那團黑影有著人類的形象，但，那絕對不是自己的影子。

夜不語以極快的速度一把抱起穆薇朝右側撲過去。說時遲那時快，風壓猛地吹了過來，只聽「啪啦」一聲，牆上的灰不斷往下冒，一個纖瘦的手掌痕跡唐突地鑲嵌在了牆壁裡，就連內牆的磚都露了出來。

他冒著冷汗，咬牙扛著穆薇柔軟的身體就往樓梯間逃。電梯太狹窄，如果那未知的東西跟了過來，就連逃命的空間都沒有。

夜不語一邊往樓下跑，一邊將槍口對準入口的位置。可是一直等他跑出了大門，那東西也沒跟過來。他頭也沒回，一直逃到了外邊的街道。看到熙熙攘攘吃著宵夜的人群，冰冷的心這才恢復了一點溫度，死裡逃生的油然升起懼意。

這時候他才發現自己早已出了一身冷汗。

再也不敢回去了，夜不語嘆了口氣，扛著女孩找了家酒店。在服務生警戒的目光中租了一間套房，將她放到床上。洗了個澡後，強自壓下至今還縈繞心頭的混亂情緒，他躺在沙發上發呆。

這究竟是怎麼回事？襲擊穆薇的到底是什麼東西？還有，自己看到的那團猶如墨水一般漆黑的黑影，又是什麼鬼東西？

一個又一個的疑惑塞得他非常不舒服。夜不語乾脆打開隨身的平板電腦，再次將全部事件梳理了一遍。

隱藏在黑暗中的東西，有著超自然的力量。毋庸置疑，它是對著小學時那段大家都遺忘的記憶來的。看過今晚的襲擊後，夜不語已經非常清楚，自己面對的絕對不是人類！

兇手不是人類，那麼，又到底是什麼！這個世界很大，大得超出了人類的想像力。隱藏在人眼視線外的東西，肯定存在。至少夜不語的經歷中，就遇到過許多次。不過這一次，卻讓他頭大得很。

因為全無頭緒，偏偏那東西的目標又非常清晰。該死的，小學時，在那個社團，他們十一人究竟幹了什麼，為什麼會招惹到那玩意？為什麼拖到十年後才暴發？為什麼那段記憶，自己等人偏偏忘得一乾二淨！

夜不語抓著頭髮，依舊找不出個所以然來。一般連環殺手殺人失敗後，就會去找下一個目標。可超自然的力量則不同，它想要殺的人，恐怕就會執著地殺掉。如果不解決掉它，穆薇肯定還會有生命危險。

但他真的沒任何頭緒。

凌晨三點半，穆薇才幽幽清醒過來。她在床上恐懼的尖叫了一陣子，看到夜不語後，拚命地將小腦袋朝他的懷裡鑽，明顯是嚇壞了。

夜不語輕輕拍著她的背，半晌，女孩才平靜下來。

「我沒死？」穆薇拍著高聳的胸部，使勁兒地深呼吸，「小夜，是你救了我？」

「嗯，我也不知道自己算不算救了妳。」他皺著眉頭，走廊上的一幕，怎麼看怎麼都像是個陷阱，「小薇，妳有看清楚襲擊妳的東西是什麼嗎？」

「不知道。」穆薇仍舊非常害怕，搖頭道：「哪怕親眼看到，我現在也完全沒辦法描述它究竟長什麼樣子。」

「我想也是。」夜不語嘆了口氣，「它不會輕易露出形態，或許是想折磨我們，讓我們在恐懼和猜疑中死掉。」

穆薇捂住嘴，「太可怕了，當時我以為自己真的會死。」

「妳現在還沒脫離危險。那東西隨時都會找上妳！」夜不語搖了搖頭，他看著驚惶失措的女孩，緩緩說：「恐怕，我們需要回學校看看……」

沒錯，既然沒有頭緒，那就所有活著的人都去看看。回到事件的原點後，或許真相，就會呈現在眼前。

無論能不能接受，總之，唯一能夠選擇的路，也只剩下這一條了！

5

夜不語的人生哲理，其實一直都很簡單。一人若不敢向命運挑戰，不敢在生活中開創自己的藍天，命運給予他的也許僅是一口枯井的地盤，舉目所見只有蜘蛛網和塵埃。

沒有誰會幫誰織網。蜘蛛的強大，從不在於自己比其他昆蟲多出來的腳，而在於那張綿密、細緻的蛛網。夜不語之所以能夠在一次又一次詭異莫名的事件中活下來，多的不是僥倖，而是他細緻入微的心思和恰到好處的決斷力。

小學時代，不過才經過十年罷了，給人的感覺卻恍如一世紀般久遠。他們的學校位於春城郊外，一個叫做眸眼鎮的小地方。經過多年的發展，那個偏僻落後的縣城，已經被圈入了大春城範圍，變化得無人能識。

「這裡哪邊是我們曾經讀書的鬼地方？」李華、趙瑩瑩、趙穎最終還是被夜不語與穆薇拉了過來。開車往西南行駛了四十多公里，下了高速公路，就看到了簇新的繁華城市。原本眸眼鎮上低矮的房子不見了，彎彎曲曲的小路也沒有了，只剩下一棟棟高樓大廈與高懸的霓虹燈交相呼應。

這裡，早已經不是他們認識的眸眼鎮了。

「這裡能找到治好小燦的方法？」趙穎疑惑地問。

「只要找到了究竟是什麼想弄死我們，解決了它，李燦就能不藥而愈。」夜不語點頭，他的視線掃過十年沒來過的土地，有些目不暇給，甚至摸不著頭腦。當初的小學，究竟該去哪找？

「我們該先去哪？」穆薇躊躇道。雖然在春城待了那麼久，可自從小學畢業後，就再也沒回來過。近在咫尺的地方，在此刻卻變得咫尺天涯，不知所措。

趙瑩瑩和李華滿臉不高興，他們被迫蹺課逃班跟著夜不語等人發瘋，為的就是那摸不著看不到，甚至根本不知道有沒有的危險，任誰也高興不起來！但他們卻又偏偏不敢賭，誰知道，是不是真的沒問題呢？畢竟李燦就是榜樣，至今昏迷躺在床上，身上的屍斑越來越多。而小學同社團的小夥伴們，確實已經死掉了三人，還有兩人在幾天前活生生失蹤了。

瘋就瘋吧，人生難得瘋一次。

夜不語坐在副駕駛上，穆薇的越野車很寬敞，頭頂的陽光從全景天窗灑進來，暖洋洋的。春城的冬季一直都暗沉，少有太陽從雲層裡探頭。日光令陰霾的心情好了許多！他揉了揉脖子，掏出手機，打開了GPS功能，「我記得學校的名字叫東坐一小，查查名字就知道位置了。」

說著他輸入了關鍵字，東坐一小的位址赫然顯示出來。他指揮穆薇朝目的地開去，不久後，母校的身影展現在所有人眼前。

可看到的東西卻令他們大吃一驚。學校，顯然已經不是當初的學校了。高大的校門替代了低矮的圍牆，當初一排排瓦房變成了六層高的教學樓。根本就找不到從前的影子。

今天是禮拜日，學校放假，只有警衛坐在警衛室裡打著哈欠坐著無聊。

「學校都成這樣了，我們該怎麼辦？」李華撓撓頭，不滿道。

「無論如何，先進去看看再說。」夜不語也有些無從下手。他下車和警衛交際了一番，才登記後獲准進入。

越野車緩緩駛入校園，在停車位停下。五人踏著久違的地面，一股懷念的氣息迎面撲來。

「多少年沒回過母校了，全變了。」趙穎深吸了口氣，冰冷的空氣湧入鼻腔，她打了個噴嚏。

夜不語默不作聲地走來走去，他徑直逛了校舍，又去了操場和辦公樓，最終搖了搖頭，「不對，這地方不對！」

「哪裡不對？」穆薇奇怪地問。

「哪裡都不對。」他皺起眉頭，「這不是我們要找的地方。」

趙瑩瑩捋了捋自己的頭髮，「可這就是東坐一小，沒錯啊。你看，門口的大字一點都沒變。」

夜不語用腳踩了踩地面的塑膠跑道，仍舊不贊同，「我的記性很好，哪怕整個學校重新推倒翻修，自己也能找出和從前的共同點。可這所學校，是嶄新的。應該是拆遷了，搬離了原址。」

他說完，跑到了警衛室問了問。果然，老的東坐一小早已經不在，它所在的地方準備蓋成高級社區，就位於眸眼鎮的西南側。

回到車上，穆薇微微用手扶住腦袋。突然問：「你們不覺得怪異嗎？」

大家頓時望向了她。

「什麼讓妳覺得怪異？」夜不語認真地反問。

「我們十一個人，只有小夜你一個遠在德國唸大學。其餘的十人，十年間，可以說是沒有離開過春城。可為什麼，讀小學的地方離我們的生活圈只有三十多公里，我們卻從來沒來過，按理說，很不尋常。我們，是不是下意識地在避開這個地方？」

眾人啞然，各自思索片刻後，紛紛驚悚的意識到了這個可能性居然驚人的準確。就連夜不語也不得不承認，他回春城，就算好幾次路過眸眼鎮，確實有意無意的繞路了，更可怕的是，聰明的自己，現在才意識到這問題。

「我上次來眸眼鎮，滿身都感覺不舒服，所以很快就離開了。」趙穎也有同感。

「我也是。」趙瑩瑩舉手，低聲附和。

李華點頭，「還有我。」

穆薇怕得語氣都在發抖，「果然，這個地方對我們而言，有問題。我們共同遺失的那些記憶，或許，在警告著我們，危險，遠離這兒！」

夜不語再次沉默了，怎麼會這樣，小學生時代，他們十一人，到底幹了什麼，又或者遇到了什麼。為什麼會讓幼小的心靈受到如此大的創傷，連回憶都被自我消除，甚至就連母校都介意到不願再回來。

穆薇開著車，一車人都陷入如死的寂靜裡。如果說李華和趙瑩瑩對此行有所抱怨將信將疑的話，現在他們完全感到了有股危險在逼近。整個眸眼鎮的空氣都在壓迫著他們，想要將他們碾碎。

冰冷的空氣彌漫在四周，頭頂透過玻璃刺入的陽光照在頭髮上、臉上，卻凍結心扉。這地方，像是在排斥異物般排斥著整車所有人。

「我們，還是離開算了。」趙瑩瑩建議，「這裡怪可怕的，就算光天化日之下跳出一隻怪物把我拉進時空裂縫裡，我也完全不覺得不正常。」

「是，是啊。」李華聲音在發顫，眸眼鎮的變化很大，已經沒有熟悉的東西，可哪怕是如此，他內心深處隱藏著的恐懼，也在隨著時間的流動而迅速發酵。

「不行，我要找到救小燦的辦法。」趙穎堅持道：「找不到，我就不走。」

「沒錯，我們根本無處可逃。」穆薇嘆息著：「能逃去哪？無論去哪兒，那東西恐怕都能找到我們，將我們折磨致死。我們只能奮力一搏了！」

「妳的話只是猜測罷了，說不定逃得遠遠的，就能逃過一劫呢？否則為什麼那東西要趁著周嫦就要奔赴美國前，殺掉她？」李華掙扎道。

「再討論下去也沒有任何意思，還是想想，究竟是什麼原因，令十年前的事件在十年後才爆發出來。」夜不語偏著腦袋想了想，「而且前幾個人的死亡，集中出現在最近一個月。到底一個月前，發生過什麼？」

穆薇突然眼睛一亮，「小夜，剛才警衛不是說原本的東坐一小準備改建成高級住宅嗎？現在開發商囤地很厲害，學校遷走新建了，恐怕一個月前舊的才開始拆除工作。是不是因此事，將原本封印在學校某個地方的魔鬼放了出來？」

「妳漫畫看多了！」李華不以為然。

夜不語在手機上查了查，最終搖頭，「那個社區已經開工有一年半了，今年初蓋好。應該不是它的問題。」

「那是什麼原因，為什麼那神秘的東西會找上我們！」女孩受不了了，漂亮的她歇斯底里的使勁兒敲著方向盤，「我好不容易，好不容易才過得不錯了一些。死了老公，母親的病也有了起色。我明明能夠過上夢想的生活了，為什麼它要弄死我！」

夜不語拍了拍穆薇的肩膀，他很清楚地知道，這個世界上的一切都是有因有果的，沒有突如其來的報應。但是，車上的其餘人更多的是自怨自艾、顧影自憐。就連身旁聰穎的穆薇，也不能免俗。

誰都怕死，可想要從死亡的威脅中逃脫，只有拚命的自救。而老的東坐一小，肯定藏著所有的秘密。他必須要把秘密挖出來，救李燦、救穆薇，救車上所有人，也是，為了救他自己。

腦袋空蕩蕩的，雖然越是靠近那處所在，心裡越是有股壓縮到快要爆炸的不祥預感。很快，車鑽入一條小道，兩側的圍牆將視線分割開了。夜不語低頭看了看 GPS 地圖，牆裡邊，正是小學遺址。

終於回到了十年前的母校。

來不及感慨，夜不語重新揚起頭，突然整個人都呆住了。

天空，不知何時黯淡下來。如墨的黑夜，籠罩了他全部的世界，他看不到，聽不到，甚至察覺不到近在咫尺的其餘四人的位置。

夜不語惶恐不安，他下意識地伸手朝穆薇的方向摸去。很快，他觸碰到了一隻滑嫩的手，柔弱無骨的手帶著驚人的冷意。

「小夜，你在哪？」不知從哪裡傳來了穆薇若有若無的呼喊聲，離他無邊的遙遠。夜不語頓時感覺雞皮疙瘩冒了起來。女孩的聲音在左邊，可和他相握的那隻手又是誰的？從位置判斷，手應該是來自於車前的擋風玻璃。

有誰，蹲在車子的發動機蓋上，緊抓著他不放？

夜不語全身僵硬地轉過腦袋，望了過去……

To be continued

夜不語作品 21

夜不語詭秘檔案 109：茶聖（下）

國家圖書館出版品預行編目資料

夜不語詭秘檔案109：茶聖（下） ／夜不語 著.
一 初版. 一 臺北市：春天出版國際， 2017.12
面； 公分. 一（夜不語作品；21）
ISBN 978-986-9609-06-7（平裝）
857.7 106017372

ISBN 978-986-9609-06-7
Printed in Taiwan

作者 夜不語
封面繪圖 Kanariya
總編輯 莊宜勳
主編 鍾靈
美術設計 三石設計

出版者 春天出版國際文化有限公司
地址 台北市信義區信義路四段458號3樓
電話 02-7718-0898
傳真 02-7718-2388
E-mail story@bookspring.com.tw
網址 http://www.bookspring.com.tw
部落格 http://blog.pixnet.net/bookspring
郵政帳號 19705538
戶名 春天出版國際文化有限公司
法律顧問 蕭顯忠律師事務所
出版日期 二〇一七年十二月初版
定價 170元

總經銷 楨德圖書事業有限公司
地址 新北市新店區寶興路45巷6弄6號5樓
電話 02-8919-3186
傳真 02-8914-5524

夜不語
詭秘檔案

夜不語
詭秘檔案

夜不語
詭秘檔案

夜不語
詭秘檔案